国际大奖小说·成长版
国际安徒生奖提名奖

苦涩巧克力

[德]米亚姆·普莱斯勒/著
李紫蓉/译

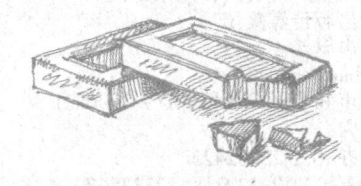

BITTERSCHOKOLADE

天津出版传媒集团
新蕾出版社

图书在版编目 (CIP) 数据

苦涩巧克力/(德)米亚姆·普莱斯勒著;李紫蓉译.---天津:新蕾出版社,2018.11(2024.6 重印)
（国际大奖小说；成长版）
ISBN 978-7-5307-6757-3

Ⅰ.①苦… Ⅱ.①米…②李… Ⅲ.①儿童小说-中篇小说-德国-现代 Ⅳ.①I516.84

中国版本图书馆 CIP 数据核字(2018)第 221139 号

Bitterschokolade by Mirjam Pressler
Copyright ⓒ 1980, 2006 Beltz & Gelberg in der Verlagsgruppe Beltz·Weinheim Basel
Simlified Chinese Language edition arranged with New Buds through Beijing Star Media
Simplified Chinese translation copyright ⓒ 2018 New Buds Publishing House (Tianjin) Limited Company
ALL RIGHTS RESERVED
津图登字:02-2014-520

书　　名	苦涩巧克力 KUSE QIAOKELI
出版发行	天津出版传媒集团 新蕾出版社
	http://www.newbuds.com.cn
地　　址	天津市和平区西康路 35 号(300051)
出 版 人	马玉秀
电　　话	总编办 (022)23332422 发行部(022)23332351　23332679
传　　真	(022)23332422
经　　销	全国新华书店
印　　刷	天津新华印务有限公司
开　　本	895mm×1370mm　1/32
字　　数	66 千字
印　　张	5.75
印　　数	45 001—50 000
版　　次	2018 年 11 月第 1 版　2024 年 6 月第 7 次印刷
定　　价	24.00 元

著作权所有，请勿擅用本书制作各类出版物，违者必究。
如发现印、装质量问题，影响阅读，请与本社发行部联系调换。
地址:天津市和平区西康路 35 号
电话:(022)23332677　邮编:300051

一辈子的书

梅子涵

亲近文学

一个希望优秀的人,是应该亲近文学的。亲近文学的方式当然就是阅读。阅读那些经典和杰作,在故事和语言间得到和世俗不一样的气息,优雅的心情和感觉在这同时也就滋生出来;还有很多的智慧和见解,是你在受教育的课堂上和别的书里难以如此生动和有趣地看见的。慢慢地,慢慢地,这阅读就使你有了格调,有了不平庸的眼睛。其实谁不知道,十有八九你是不可能成为一个文学家的,而是当了电脑工程师、建筑设计师……可是亲近文学怎么就是为了要成为文学家,成为一个写小说的人呢?文学是抚摸所有人的灵魂的,如果真有一种叫作"灵魂"的东西的话。文学是这样的一盏灯,只要你亲近过它,那么不管你是在怎样的境遇里,每天从事怎样的职业和怎样地操持,是设计房子还是打制家具,它都会无声无息地照亮你,使你可能为一个城市、一个家庭的房间又添置了经典,添置了可以供世代的人去欣赏和享受的美,而不是才过了几年,人们已经在说,哎哟,好难看哟!

谁会不想要这样的一盏灯呢?

阅读优秀

文学是很丰富的,各种各样。但是它又的确分成优秀和平庸。我们哪怕可以活上三百岁,有很充裕的时间,还是有理由只阅读优秀的,而拒绝平庸的。所以一代一代年长的人总是劝说年轻的人:"阅读经典!"这是他们的前人告诉他们的,他们也有了深切的体会,所以再来告诉他们的后代。

这是人类的生命关怀。

美国诗人惠特曼有一首诗:《有一个孩子向前走去》。诗里说:

有一个孩子每天向前走去,

他看见最初的东西,他就变成那东西,

那东西就变成了他的一部分……

如果是早开的紫丁香,那么它会变成这个孩子的一部分;如果是杂乱的野草,那么它也会变成这个孩子的一部分。

我们都想看见一个孩子一步步地走进经典里去,走进优秀。

优秀和经典的书,不是只有那些很久年代以前的才是,只是安徒生,只是托尔斯泰,只是鲁迅;当代也有不少。只不过是我们不知道,所以没有告诉你;你的父母不知道,所以没有告诉你;你的老师可能也不知道,所以也没有告诉你。我们都已经看见了这种"不知道"所造成的阅读的稀少了。我们很焦急,所以我们总是非常热心地对你们说,它们在哪里,是什么书名,在哪儿可以买到。我就好想为你们开一张大书单,可以供你们去寻找、得到。像英国作家斯蒂文生写的那个李利一样,每天快要天黑的时候,他就拿着提灯和梯子走过来,在每一家的门口,把街灯点亮。我们也想当一个点灯的人,让你们在光亮中可以看见,看见那一本本被奇特地写出来的书,夜晚梦见里面的故事,白天的时候也必然想起和流连。一个孩子一天天地向前走去,长大了,很有知识,很有技能,还善良和有诗意,语言斯文……

同样是长大,那会多么不一样!

自己的书

优秀的文学书,也有不同。有很多是写给成年人的,也有专门写给孩子和青少年的。专门为孩子和青少年写文学书,不是从古就有的,而是历史不长。可是已经写出来的足以称得上琳琅和灿烂了。它可以算作是这二三百年来我们的文学里最值得炫耀的事情之一,几乎任何一本统计世纪文学成就的大书里都不会忘记写上这一笔,而且写上一个个具体的灿烂书名。

它们是我们自己的书。合乎年纪,合乎趣味,快活地笑或是严肃地思考,都是立在敬重我们生命的角度,不假冒天真,也不故意深刻。

它们是长大的人一生忘记不了的书,长大以后,他们才知道,原来这样的书,这些书里的故事和美妙,在长大之后读的文学书里再难遇见,可是因为他们读过了,所以没有遗憾。他们会这样劝说:"读一读吧,要不会遗憾的。"

我们不要像安徒生写的那棵小枞树,老急着长大,老以为自己已经长大,不理睬照射它的那么温暖的太阳光和充分的新鲜空气,连飞翔过去的小鸟,和早晨与晚间飘过去的红云也一点儿都不感兴趣,老想着我长大了,我长大了。

"请你跟我们一道享受你的生活吧!"太阳光说。

"请你在自由中享受你新鲜的青春吧!"空气说。

"请你尽情地阅读属于你的年龄的文学书吧!"梅子涵说。

现在的这些"国际大奖小说"就是这样的书。

它们真是非常好,读完了,放进你自己的书架,你永远也不会抽离的。

很多年后,你当父亲、母亲了,你会对儿子、女儿说:"读一读它们,我的孩子!"

你还会当爷爷、奶奶、外公和外婆,你会对孙辈们说:"读一读它们吧,我都珍藏了一辈子了!"

一辈子的书。

目录

BITTERSCHOKOLADE

第一章 艾芳……1

第二章 烦恼……11

第三章 米契……19

第四章 忍不住的食欲……26

第五章 范西丝卡……31

第六章 第一次约会……37

第七章 失眠……48

第八章 噩梦……56

第九章 奶奶……64

第十章　迪斯科……75

第十一章　父亲……82

第十二章　新衣服……92

第十三章　舞会……101

第十四章　痛苦的减肥……115

第十五章　矜持……123

第十六章　集体的温暖……130

第十七章　分离……138

第十八章　理解的力量……145

第十九章　新生……154

Bitterschokolade

第一章
艾 芳

"艾芳,请到前面来画图。"霍斯坦老师说。艾芳没有起身,她低下头,拿起笔,开始在纸上画图。

"艾芳!"霍斯坦老师又喊了一次。艾芳把头垂得更低了,她拿起尺和铅笔,画了一个三棱锥,好像没听见老师的话似的。她不想听见。她不想起身到黑板上画图。她把纸上的三棱锥画歪了。她头也不抬地在书包中摸索到了她的铅笔盒,用手指翻动着铅笔盒里的东西:几支铅笔,一个小小的、四方形的削铅笔刀,一支笔杆儿断了的圆珠笔,可就是没有橡皮。她把书包放在

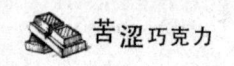

膝盖上,低下头来开始找。找橡皮可以耗掉不少时间,书包那么大,橡皮那么小。

"芭芭拉!"霍斯坦老师说。芭芭拉从第三排的座位上站起来,走向黑板。艾芳没有抬头看,但是她知道芭芭拉是以怎样的体形走上前的:双腿细长,紧身牛仔裤包裹着娇小的臀部。

艾芳找到了橡皮。她把书包挂回挂钩,擦掉画歪的那条线,然后重新画了一条。

"非常好,芭芭拉。"霍斯坦老师说。芭芭拉沿着书桌间狭窄的过道走回来坐下。这时刚好打了下课铃。

第三节是体育课。更衣室里充满了咯咯的笑声。这是炎热的一天,虽然还没到夏天,但此刻已经能感受到一股热浪了。艾芳和往常一样,套上黑色的丝袜,换上黑色的短袖T恤,走向运动场。玛德勒老师吹响了哨子,大家排成一行站好。这节体育课练习排球。

"雅丽和苏珊娜来负责分组。"

艾芳弯下身,把左脚的鞋带解下来,打算重新系一次。

雅丽说:"佩妲。"

苏珊娜说:"卡玲。"

艾芳把鞋带穿过鞋子最下方的两个洞,往上拉起,仔细地把鞋带两端举到一样高。

"卡洛拉。"——"安娜。"——"依妮丝。"——"蒂娜。"——"凯瑟琳。"

艾芳把鞋带系得更慢了些。

"玛茜。"——"英格尔。"——"芭芭拉。"——"莫妮卡。"——"范西丝卡。"——"克丝汀娜。"

艾芳开始把鞋带交叉穿过鞋上的洞,每穿过一组都要用力拉紧。

"莎宾娜·穆勒。"——"莉娜。"——"克劳蒂亚。"——"露丝。"——"莎宾娜·卡尔。"

艾芳的手指滑过鞋带,打了个蝴蝶结,用大拇指和食指把它拉紧。

"依卡。"——"玛雅。"——"瑛儿。"——"乌丽克。"——"汉娜。"——"凯丝汀。"

我得刷这双球鞋了,艾芳想,真该刷了。

"荷比。"——"安妮塔。"——"艾格妮丝。"——"艾芳。"

艾芳把鞋带拉紧,直起身子。她被分到雅丽的那一组。

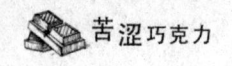

艾芳流着汗,汗滴从额头流到眉毛,流到脸颊,甚至还流进了眼睛里。她不停地用手臂和手背把汗拭去。排球又硬又重,她每次接到球时手臂总是隐隐作痛。下课后,她看到其他同学的腋窝下也都有一大块汗渍。

艾芳缓缓地走向更衣室,又缓缓地脱下衣服。她把大毛巾披在肩上,走进淋浴间,那里面只剩下两三个女孩子了。她走入角落里的那间淋浴间,然后用冷水迅速冲洗了背部和肚子。她尽量不让水冲到头发,因为她觉得用吹风机吹头发太花时间了。她用手接水洗脸,打湿了水泥墙,墙上出现了深色的水渍。现在,淋浴间里只剩下艾芳一个人了。她放心地把全身擦干,用大毛巾围住身体,盖住她的胸部和肚子。更衣室里已是空无一人。她刚把裙子穿上,玛德勒老师就把门推开了:"哦,艾芳,你还在这儿呀。等一下记着把钥匙拿给我。"

艾芳双臂交叉抱在胸前,点了点头。

午休时间到了。艾芳拿着书走出教室,走进了学校的庭院,挤过成群的女孩,到围栏旁那个属于她的角落里去。那儿是她的角落。她坐在围栏前的水泥台子上,翻开书,开始寻找她昨天晚上读到的地方。她身旁站着范西丝卡、莉娜、芭芭拉、卡洛拉和蒂娜,其中芭芭拉是最漂亮的。她敢把白色的紧身T恤套在她凸起的胸部上!

艾芳找到了那一页:我凝视着这死者憔悴的躯体,他形容枯槁,脸上布满了皱纹,其实他不过才三十三岁。他的死因在南美洲很典型——死于能量的自然耗损。南美原住民嚼食古柯叶①来压抑饥饿感,直到体力不支,倒地而亡。

旁边传来了女孩子们的说话声。

"昨天我去跳迪斯科了,和约翰尼去的,他是布朗医生的儿子。"

"天哪,芭芭拉,你真酷!他怎么样?"

"棒极了,他舞跳得真好!"

艾芳继续读这本《为何你能给这世界以光芒?》:从节食减肥到好莱坞瘦身课程,再到药房橱窗里促销的抑制食欲的药品,我全都考虑过了。

"是他开车送你去的?"

"那当然。"

---

①古柯科植物的叶子中可以提取出古柯碱,又名可卡因,属于中枢神经兴奋剂。

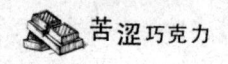

"我哥哥和他在同一个班。"

艾芳又读道:我知道他很饿,我也很饿。我得用别针把裙子固定住,这样裙子才不会往下滑。我正在实施这样的自然瘦身计划,这里几乎没有任何吃的东西。

女孩们咯咯地笑了起来,并且开始窃窃私语,艾芳听不清她们在说什么。范西丝卡在艾芳身旁坐了下来。

"你在读什么?"

艾芳把书合上,用食指和中指夹住还没读过的那部分。

"为何你能给这世界以光芒?"范西丝卡大声地读了出来,"我听说过这本书,好看吗?"

艾芳点点头说:"很刺激,不过有些章节也挺哀伤的。"

"你喜欢读了会难过的书吗?"

"嗯。我觉得一本书要让读者至少哭上一回,才能算是好书。"

"我读书时很少会哭,但是看电影时会。如果剧情很悲伤,我很快就会掉眼泪。"

"我刚好相反,看电影我不会哭,可是看书我倒是常哭。不过我很少去看电影。"

"下次我们一起去,好不好?"

艾芳耸耸肩:"好。"

什么时候艾芳会哭?书里的哪些章节会让她落泪?老实说,触动她的总是那些俗气老套的字眼,比方说:爱、轻抚、信任和寂寞。

艾芳看着卡洛拉和莉娜。莉娜搂着卡洛拉,一副亲密无间的样子。卡洛拉以前也是这样搂着艾芳的。艾芳知道那种温暖的感受——那种有人当着大家的面,友好地搂着你时的感受。可是现在这让人看了心痛。她们两个难道不知道,这样当众表现出她们的亲密,会让有的人感到难过,会让那些孤单寂寞、没有朋友的人感到伤心吗?

艾芳站了起来。"我去倒杯茶。"她说。

那杯茶喝起来甜甜的,没有什么茶香,而且很烫。

一般来说,每天早上艾芳总是拖到最后一刻才朝学校走去。在弗德里希街和伊丽莎白街的街角有座大钟,她总是在那儿等到差四分八点时,才走进学校。这样她就不会听到那些每天早上都会有的对话,那些"你知道我昨天……"之类的对话。

艾芳站在史耐德精品店的橱窗前。她紧贴着玻璃橱窗站

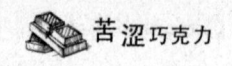

着,这样她就不会看到玻璃上映出的自己——那个模糊的、走了样的艾芳。她不想看到,虽然她明知道自己很胖。一个星期里有五天,她不得不拿自己和别人作比较。有五个早上,她不得不看着别的女孩子身穿紧身牛仔裤在她面前走来走去。只有她一个人这么胖,胖到别人都不想多看她一眼。她从十一岁或十二岁时开始,就一直有饥饿感,老是觉得吃不饱。现在她十五岁了,体重一百三十四磅,即六十多公斤,而且她个子也不高。

此刻她觉得饿了,放学后她总是肚子饿。她习惯性地打开钱包,数着里面的钱,还有四马克八十五芬尼。一百克鲱鱼沙拉的价钱是两马克。

和外面的炙热相比,沙拉店里显得特别凉快。食物的香味让她饿得发昏。

"两百克鲱鱼沙拉加沙拉酱。"她轻声对女店员说。

女店员无聊地站在柜台后头,懒洋洋地抠着耳朵。过了好一会儿,她好像才明白过来艾芳要买什么。她把手指从耳朵里拿出来,拿了一个塑料杯,舀了一勺鲱鱼块和小黄瓜,又舀了一勺沙拉酱,然后把塑料杯放在秤上。

"四马克。"她冷漠地说。

艾芳赶紧把钱放在桌上，拿起塑料杯，没说半句话就走出了这家店。

女店员又开始抠起耳朵来。

外面还是十分炎热，阳光也很刺眼。怎么才六月就这么热了？艾芳想。塑料杯握在手里凉凉的，艾芳走进公园，加快脚步，几乎跑起来了。阳光下，四周的长凳上坐满了人。男人把衬衫脱了下来，女人把裙子提到膝盖上，好让双腿晒出漂亮的颜色。艾芳走过长凳。这些人正在看她吗？正在谈论她吗？他们是否正在窃笑？他们是否会说，怎么会有一个这么胖的女孩？

她走到长凳和游乐场之间的灌木丛旁，然后迅速穿过两株枝杈浓密的山楂树，树枝在她身后立即合拢了。

在这里，她不会受到干扰，不会被人看见。她把书包从肩头放下，蹲在地上。

地上的草扎得她两腿发痒。她把塑料杯盖打开，放在地上。有那么一会儿，她虔诚地凝视着塑料杯里粉红色的鲱鱼和油腻的白色沙拉酱，有一块鲱鱼上还带着银青色的鱼皮。她小心地用大拇指和食指捏起鱼块，放入口中。冰凉的鱼块酸得呛鼻。她慢慢地用舌头搅动鱼块，直到尝出沙拉酱油腻的滋味。然后她

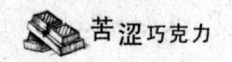

开始咀嚼、吞咽,再把手指伸进塑料杯里,捏起另一块鲱鱼塞入口中,剩下的酱汁则用食指刮干净然后吃下。吃完后,她叹口气,站了起来,把塑料杯扔到一株灌木下,然后背上书包,拉平裙子,走出灌木丛。

她感到疲惫而悲伤。

第二章
烦 恼

艾芳按响了门铃,短短的两声,她一向这样按门铃。她的母亲把电炉的开关扭开,母亲总会在这个时候帮艾芳把午餐加热。通常艾芳回到家时,母亲和弟弟都已经吃过饭了。她弟弟伯多今年十岁,还在街角的小学念书。

但今天的午餐还未做好。他们要吃松饼和苹果泥,母亲做松饼总是现吃现做。"松饼就是要松松脆脆的才好吃,加热后的松饼吃起来像抹布一样。"

"伯多呢?"艾芳坐下时问道。她想,总得找个话题聊吧。

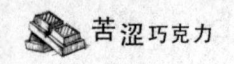

"去游泳了。他们学校今天放假,因为天实在太热了。"

"我们学校也应该让我们放假,"艾芳说,"不过教室里还算凉快。"

母亲把平底锅放到电炉上,往锅中的热油里倒进一勺面糊,锅中的油嘶嘶作响。"你今天想做什么?"她问,然后把松饼翻了个面。

艾芳用玻璃碗盛了些苹果泥,吃了起来。热油的味道让她想吐。"妈,我不想吃松饼。"她说。

母亲停在那儿不动了,她手里端着盛有一块松饼的平底锅,惊讶地看着女儿:"为什么?你不舒服吗?"

"没有,我只是今天不想吃松饼。"

"可是你一向都很喜欢吃松饼啊!"

"我没说我不喜欢吃松饼,我只是说今天不想吃。"

"我不懂,你一直都很爱吃……"

"可今天不想吃。"

母亲不高兴了:"我可不想在这大热天里煎松饼,然后你却说你不想吃。"啪!一块松饼掉进艾芳的盘子里。"我还特地在家等你呢。"母亲又往锅里倒了一勺面糊,"我本来两点就要去勇敢吗？

"你真的太胖了。"母亲前几天又重提了一次，"再这样下去，你会找不到适合你尺寸的衣服的。"

她的父亲咧开嘴笑了："别担心，有的男人就是喜欢手里抓得到肉的感觉。"他边说边用手做了一个嘲讽的动作。

艾芳涨红着脸，站了起来。"我说，费兹，"母亲说，"别在小孩子面前说这种话！"而那个"小孩子"刚愤怒地把房门摔上，进了自己的房间。

母亲随后跟了进去："别那么敏感，艾芳，你爸爸没什么别的意思。"

但是艾芳没回答。她把作业摊在书桌上，以示抗议。母亲在屋里踌躇了好一会儿，才转身离去。

男人喜欢手里抓得到肉的感觉！艾芳生气地想着，好像我的存在就是要让某个男人有肉可抓一样！

她把录音机关掉，里欧那·寇汉的声音消失了。

艾芳心神不宁。她百无聊赖地站在房间里，环视四周。看书？不想。写作业？不想。弹钢琴？不想。还有什么事可做呢？散步？天气太热了！去游泳吧？泡泡水也不错呀。可她还是拿

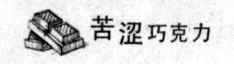

不定主意。她其实很想去游泳，可是穿上泳衣总是让她觉得丢脸。她从来不敢穿比基尼。

五月时，她给自己买了一件很贵的泳衣。那是因为她父亲的公司加薪。那天父亲愉快地打开他的真皮公文包——那是奶奶送给他的圣诞礼物——拿出一张一百马克的大钞，塞到艾芳手里："喏，去给自己买点好东西。"

"买件泳衣吧，"妈妈说，"你需要一件新的泳衣。"

第二天，艾芳站在试衣间里，紧贴着镜子，绝望得想哭。"She was taking her body so brave and so free."艾芳生怕女店员会把帘子拉开，看到她的这副模样。

"这件可以吗？还是我再拿大一点儿的给你？"

真是尴尬！即便已经过了一个月，艾芳回想起来时也还能感受到当时的羞耻和无助。

"真气人！"她在屋里大声喊道。

她拿起泳衣，走出屋子把门摔上。她时常这样摔门。老实说，这是她生气时唯一会做的事。她还能做什么？大叫吗？这样的体积就已经够吓人的了，不需要再做什么引人注目的事了。最好什么都别做。

第三章

米　契

艾芳走出家门，一股热浪扑面而来。阳光照在柏油路上，让她觉得很刺眼。她已经开始后悔了：为什么不好好待在自己的房间里呢？那儿又凉快又安静。

她走上穿过公园的那条路，这样虽然绕远儿，可是树荫下会凉快得多。

公园的长凳上没有人。她经过灌木丛，那后面就是她吃鲱鱼沙拉的地方。她看着地上土黄色的小石子，她的脚指头也蒙上了一层土黄色的灰尘。突然，她被绊了一跤，撞着了一个人，

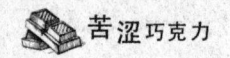

坐在了地上。

"呀！"她听到那个人说，"你摔疼了吗？"

她抬起头，看见面前是一个和她年龄相仿的男孩。他伸出手。错愕之中，艾芳握住了他的手，被他拉了起来。然后男孩弯下腰，捡起掉在地上的毛巾和泳衣，递给她。艾芳把它们卷起来拿好。

"谢谢。"

她的膝盖摔破了，隐隐作痛。

"跟我来，"男孩说，"我们到喷水池那边，你可以在那里把膝盖洗一洗。"

艾芳看着地，点了点头。男孩笑了："走吧。"他抓起她的手，艾芳跟着他一跛一跛地走到喷水池旁边。

"我叫米契，其实应该是米歇尔，不过大家都叫我米契。你呢？"

"艾芳。"她看着他的侧脸。他长得挺讨人喜欢的。

"艾——芳。"他把"艾"这个音拖得很长，并且笑了起来。

这让她有点儿乱了方寸，而这男孩的笑又让她很不高兴。"有什么好笑的！"她大声说道，"我知道你在笑什么，像我这样一个长得像大象的女孩,又刚好叫艾芳①。"

"你这是怎么了?"米契说,"我什么也没说呀!如果你不高兴,那我走好了。"

可是他没走。

艾芳在喷水池边坐了下来。她脱下凉鞋,把脚放进浅浅的水池里,米契站在水里,用手舀起水来帮艾芳冲洗膝盖。伤口一阵灼痛,带血的土黄色水柱沿着她的小腿流下。

"等你回家以后,要用绷带把伤口包起来。"

艾芳点点头。

米契开心地在喷水池里踢着水玩,艾芳忍不住笑了起来:"其实我本来是要去游泳的,不过在这儿也一样能玩水。"

"而且不用花钱。"米契说。

艾芳跳进水池,溅起了高高的水花。她弯下身,用水冲洗她发烫的脸,然后坐回池边的石台上。

"如果我有钱,我会请你喝杯可乐。"米契说,"可惜我没钱。"

---

①"大象"(elephant)和"艾芳"(Eva)的英文都以字母"e"开头,所以艾芳以为米契在借此讽刺她。

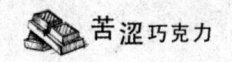

艾芳从她的裙子口袋里掏出一张五马克的纸钞，递给他说："拜托，请我喝可乐。"她脸红了。

米契又笑了，他的笑容真是好看。"你真是个奇怪的女孩子。"他接过钱时，他们的手碰了一下。

"好，现在我有钱了。"他自豪地说，"这位小姐要来点什么饮料？可乐还是柠檬汽水？"

他们肩并肩地走到公园另一头的咖啡店。这是艾芳第一次和男孩子走在一起，当然，除了弟弟以外。她从侧面端详着他。

"'艾芳'是个好名字。"米契突然开口说，"听起来有点儿过时，不过我喜欢。"

梧桐树下的那张桌子还有两个空位，咖啡店里则几乎全坐满了。大伙儿谈笑着，喝着啤酒和冰镇可乐。

"碰到你时，我正无聊得发慌呢。"

"我也是。"

"你几岁？"米契问。

"十五。你呢？"

"我也是。"

"你现在读几年级？"艾芳问。

Bitterschokolade

"九年级。我很快就可以摆脱学校了。"

"我也是九年级,我读文科中学①。"

"哦。"

他们两个沉默了,开始喝可乐。艾芳想,如果我不说话,他会觉得我很无聊、很笨,不过他也没说话呀。

"你毕业后想做什么?"

"我?我要当船员。当然不是马上啦,不过我确信,几年之内我一定可以当上船员。我不会让自己忙着到处找工作的。我在汉堡有个叔叔,他会帮我找艘船,让我从船员助手干起。我叔叔朋友很多,他一定帮得上忙。我一拿到毕业证书就马上走人。"

艾芳觉得心里被什么扎了一下。他很快就要离开这儿了!别做白日梦了,她想。然后她勉强挤出一个笑容来:"我还得在学校里读好几年的书。"

"老蹲在学校里,对我来说一点儿意义也没有。"

"我倒是挺喜欢念书的。"

米契打了一个嗝儿,招手叫来了服务员,然后付了钱。服务

---

①德国的初中教育从五年级开始分流,学生进入不同层次的学校进行学习。其中,文科中学(Gymnasium)招收的学生一般成绩较好。

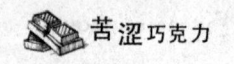

员找给他一马克,他把钱放进了自己的口袋。其实这一马克应该是我的,艾芳想。

米契问:"你的膝盖还疼吗?"

艾芳摇摇头:"不疼了。不过我现在该回家了。"

他们肩并肩地迈着平稳而有规律的步伐走着。他们的身体没有碰触,但是脚步始终保持一致。

"明天我们一起去游泳好不好?"米契问。

艾芳点点头:"几点?"

"三点,在喷水池见面可以吗?"

到了艾芳家门口,他们挥手道别。

"明天见,艾芳。"

"明天见,米契。"

母亲和伯多还没回家。艾芳瞥了一眼时钟,五点十五分。再过半小时父亲就会回来了。艾芳走进浴室,打开水龙头。她用冷水冲洗手臂,然后抬头看着水槽上的小镜子。她的脸颊被太阳晒得红红的,看起来十分好看。她有张还算不错的脸,头发尤其漂亮:暗金色的鬈发,额前的刘海儿拳曲而靓丽。她用两手抓住扎起的马尾辫,把头发松开。

现在她看起来就像圣母马利亚一样。等我瘦下来以后,我就要像这样披着头发,她想。

打定了主意,她再度把头发绑好,然后开始写作业,不过她没办法专心。

这时,她听到了开门的声音。父亲回来了。她飞快地扫视了一眼房间,把被子拉平。她的父亲喜欢家里干干净净、整整齐齐的。有时候他真的是个老古板。艾芳从来都不知道父亲回到家时的心情如何。他心情不好的话,可以为了地上的一件毛衣,或是走廊角落的书包唠叨上半天。所以母亲总是在每天快五点的时候巡视一遍房间,看看家里有没有什么东西没放好。"任何会引起争吵的事,"她说,"都要尽可能避免。"

艾芳思索着:为什么父亲的个性会这么影响自己?为什么他有时会让自己这么不舒服,甚至无法忍受?就在这时,父亲打开了她的房门。

"晚上好,艾芳。这么用功啊,很好。"

父亲走到她身后,摸了摸她的头。艾芳把脸埋进了英语课本,庆幸父亲没看到自己脸上的表情。她必须控制好自己,才不会猛然张口去咬那只手。

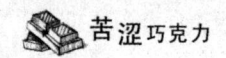

第四章
忍不住的食欲

艾芳打开床头柜上的台灯。天快黑了,微弱的光线透过敞开的窗户照射进来。窗帘轻轻摆动,阵阵微风让人感到惬意。终于凉快了。她为自己盖上一条亚麻薄被,在炎热的仲夏夜里,只盖一条薄被就足够了。她让自己舒适地蜷在被窝儿里。此刻,她感到满足而骄傲,因为她能不理会晚餐时父母的唠叨,而且她真的只吃了一杯酸乳酪。照这样下去,两三个星期之后,她就会减轻十磅的体重。我有能力做到,她想,我一定可以做到,今天晚上就是一次有力的证明。

她愉快地转了个身，把自己最喜欢的那个枕头枕在头下，继续想着：老实说，我不需要吃那么多东西，今天那块巧克力实在是没有必要。等我瘦下来以后，我就可以继续安心地吃晚餐了，也许还可以吃奶油吐司配鲑鱼。

当她想到那些有着木头一样的纹理、浸在油里的红色鲑鱼时，口水就流了出来。她非常喜欢香辣鲑鱼那种微带辛辣的味道，还要配上热吐司和融化的奶油。事实上，她比较喜欢吃辣的，不喜欢吃甜的。吃辣的不会变胖。熏肉配上洋葱、山葵和鲜奶油酱，吃起来会非常可口，一碗加了很多调味料的豆子汤也不错！

只吃一小块鲑鱼应该不要紧吧，反正明天一早她就会真正地开始节食了。不行，她要忍住！她想到自己每次都下定决心不吃或是少吃一点儿食物，到最后还是都软弱地妥协了。不过，这一次不行！这一次不一样！她要心平气和地看着她弟弟把食物塞进嘴里，看着她母亲边舀汤边夸赞这汤有多美味。当她父亲一本正经地把厚厚的熏肉整齐地铺在面包上，然后仔细地把切片的小黄瓜放在上头做装饰时，她也不能受影响。这次绝对不能受影响。这次她再也不会在放学回家的路上，站在美食店前，

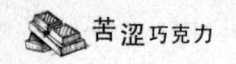

鼻子贴着橱窗,眼睛往里瞧了。她再也不会走进店里,买四马克的鲱鱼沙拉,然后偷偷地在公园用手指头仓促地把鱼肉塞进嘴里了。这次不行!

她想,几个星期以后,学校里的同学就会说:艾芳真是个漂亮的女孩子,我们以前怎么都没注意到呢?男孩子也会开始找她攀谈,就像找其他的女孩子一样,还会邀请她一起去跳迪斯科。而米契会爱上她,因为她是那么迷人。这些念头让她心里暖烘烘的,艾芳有一种要飞起来的感觉,身体似乎轻飘飘的,仿佛可以在房间里来回滑翔。她感到自由又快乐。

如果现在能吃上一小块鲑鱼那该有多好。只要很小很小的一块,而且要把它拿起来,等油滴完了再吃。只吃这一点儿应该不要紧吧,反正情况很快就会好转,反正她很快就会变瘦的。

她悄悄地起身,溜进厨房,把厨房的门关好后,才把灯打开。她打开冰箱,拿出装鲑鱼的罐子。罐子里还有三片鲑鱼。她用大拇指和食指捏起一片,把它举高。刚开始,油像一条细细的水柱一样流下来,然后一滴滴地、越来越慢地滴下,直到最后一滴。艾芳举起薄薄的鱼片,透过灯光细细观看。多好看的色泽!她的口水开始在嘴里聚集,然后被兴奋地咽了下去。只吃这一

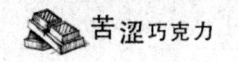

跷在右膝上,然后躺着观察她裸露的左脚。和她臃肿的小腿肚子还有大腿相比,这脚看起来秀气多了。她轻轻地摆动脚踝,欣赏着自己半月形的脚指甲。

她母亲的脚上有许多肿块,而且脚的形状扁平,真的很难看,脚指头还往内弯。母亲的脚让艾芳生厌,尤其到了夏天,当母亲穿上那双皮凉鞋的时候,红色的肿块就会穿过皮带间的空隙,向两旁突出。

艾芳又拿起巧克力。里欧那·寇汉唱着:"She was taking her body so brave and so free, if I am to remember, it's a fine memory."她不自觉地在脑海中翻译起这个句子:她这样勇敢而自在地看待自己的身体,如果要我回想,这会是个美好的回忆。

她嘴里的巧克力变苦了,不再是温柔的苦味,而是令人反胃的苦涩,酸苦而灼热。她连忙把巧克力咽下去。"我不该吃巧克力的,我太胖了。"她打定主意,这天不吃晚餐了,也许只吃一杯酸乳酪吧。那巧克力的苦味还残留在口中。"She was taking her body so brave and so free."里欧那·寇汉所唱的那个女人一定有副姣好的身材,就像芭芭拉一样——有丰满的胸部、纤细的双腿。但是,他为什么说她勇敢呢?展现自己的好身材就叫作很喜欢小孩子,她自己没有小孩儿,所以很伤心。"母亲这样说过。不过她看起来并不怎么伤心嘛,艾芳想。

"哦,艾芳,学校里怎么样啊?交男朋友了没有哇?"伴着尖细的笑声,史密霍伯的唠叨也开始了。她长了一张圆脸,厚厚的双唇上涂着红色的口红,显得牙齿很白。接着,她向艾芳伸出圆润的双臂,艾芳能从她低胸的领口看到她丰满的胸部。不过艾芳觉得,这并不是什么值得夸耀的事,更不需要特意展示给其他人看。

艾芳走进房间,把里欧那·寇汉的录音带放进录音机里,并且把音量开到最大。只有母亲不在家时才能这样做。她躺在床上,录音机里传来了低沉沙哑的嗓音,慵懒的曲调在房间里回响,震动着艾芳的心。

她打开床头柜的抽屉。果然,里面还有一块巧克力。她躺回床上,小心地剥开巧克力的银色包装纸。幸好她的房间在阴面,天气虽然热,巧克力变软了,可是还没完全融化。她掰下一块巧克力,然后又把它掰成两半,一起塞入口中。温柔的苦味,痛苦的苦味,就像温柔的抚触,痛苦的哭泣。艾芳又把一块巧克力迅速塞入口中,伸了个懒腰。她把双臂枕在脑后,右腿弯起,左脚瑞娜阿姨那里的。"

"那你为什么不去？我又不是小孩子。"

母亲把松饼翻了个面："你说得倒容易。如果我不给你做，你哪儿有什么好东西吃？"

艾芳机械地把苹果泥涂在松饼上，这时第二块松饼又掉入盘中了。"这就够了，妈妈。"艾芳央求道。

母亲把锅从电炉上移走，换上了一件新的衬衫："我在商场买到了一块很好看的布料，格子花纹的，很便宜，一米才六马克八十芬尼。瑞娜答应我，要帮我做件衣服。"

"你自己不是也很会做衣服吗？"艾芳说，"为什么你总要去找那个史密霍伯？"

"不要老是说什么'史密霍伯'，要说'瑞娜阿姨'。"

"她又不是我的阿姨。"

"可是她是我的朋友，而且她也很喜欢你。她帮你做了那么多件漂亮的衣服。"

没错，瑞娜阿姨的确帮艾芳缝制了许多上衣和裙子，但艾芳穿上那些衣服后，看起来是那么不可救药。不过这也不是瑞娜阿姨的错，艾芳无论穿上什么，看起来都一样不可救药。

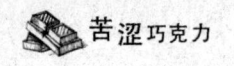

"你今天下午要做什么？"母亲问。

"我还不知道，写作业吧。"

"你总不能老是待在家里用功吧，孩子。有时候也要出去玩玩哪。我在你这个年纪的时候，早就开始和男孩子约会了。"

"妈妈，拜托，饶了我吧。"

"我说这话是为你好。你都十五岁了，别整天待在家里愁眉苦脸的。"

艾芳大声地叫喊起来。

"好啦，好啦，我知道，我说什么你都不想听。你要不要去看场电影？要不要我给你钱？"母亲打开钱包，掏出两张五马克的纸钞放在桌子上，"这钱你不用还我了。"

"谢谢妈妈！"

"我现在就走了，六点以后回来。"

艾芳点点头。母亲走出去，把门从身后带上。

艾芳深深地吸了一口气。

艾芳无法忍受那位史密霍伯太太。"瑞娜阿姨！"艾芳总是避免这样称呼她。但伯多竟然可以轻松地叫她瑞娜阿姨，而且还让她在他的头顶上摸来摸去的，这总会让艾芳很惊讶。"瑞娜片,她想。然后她张开嘴巴,把鲑鱼放了进去。她用舌头把鱼肉抵到上腭,慢慢地、温柔地品尝着,然后开始咀嚼,同样是慢慢地、温柔地。最后,她把鱼肉吞进了肚子。鱼肉消失了,嘴巴里是空的了。

她匆忙地把罐子里剩下的那两片鱼肉塞进嘴里。这次,她不再等油滴完,也不再花时间去感受美味了。她几乎嚼都没嚼,就把鱼肉吞了下去。

透明的塑料罐里只剩下油了。她拿了两片白面包,放进烤面包机。不过她等不及让面包烤好,一秒钟也不能等了。她心急地把烤面包机的杠杆抬高,面包弹了起来。面包还是白白的,但是又热又香。她很快就在面包上涂好了奶油,醉心地看着奶油融化——先是面包周围涂得较薄的地方,接着是面包中间的部分。冰箱里还有一大块她父亲最爱吃的意大利白乳酪。她不想花时间拿刀子来切了,干脆就直接咬,一口面包,一口乳酪,咬着,嚼着,吞咽着,然后再继续咬。

好一个装得满满的冰箱。她吃完了鲑鱼、吐司和乳酪,又吃了一个水煮蛋、两个番茄、几片培根还有几根香肠。艾芳忘我地咀嚼着,她好像只剩了一张嘴巴。

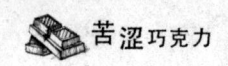

突然,她一阵作呕。她发现自己站在厨房里,天花板上的灯亮着,冰箱的门开着。

艾芳哭了。泪水涌出眼眶,流下脸颊。她缓慢地关上冰箱,把桌子擦干净,关掉灯,走回自己的房间。

她用被子蒙住头,把呜咽声埋入枕头。

第五章
范西丝卡

第二天一早,艾芳双眼红肿地醒了。今天她想待在家里,想躺在床上装病。她不想起床,不想上学,不想坐在学校里受罪,不想回忆起昨天晚上和之前的许多夜晚。

她疲惫地用被子盖住头。

母亲走进房间:"孩子,都已经七点了,该起床了。"

艾芳没把被子掀开。"你怎么了?生病了吗?"母亲问。

艾芳坐了起来:"没有。"

"怎么了,孩子,发生什么事了?"母亲走到床边,伸出手臂

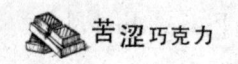

搂住艾芳。有那么一会儿,艾芳让自己沉醉在这臂弯里。母亲身上有股暖暖香香的味道,她刚起床,还没有牙膏味和发胶味。

但艾芳很快就恢复了自制力。"我没睡好。"她说,"就是这样。"

学校还是一如寻常。范西丝卡从转学过来到现在,一直坐在艾芳旁边。奇怪的是,都四个月了,她还是坐在艾芳旁边。

几乎有快两年的时间了,艾芳都是独自坐在教室最后靠窗的位子上的。在那之前,卡洛拉坐在她旁边,每天早上都会告诉她前一天发生的所有事。而她则犹如一块海绵,把卡洛拉的生活全盘吸收,经历卡洛拉所经历的一切:过生日、看电影、上骑马课,还有见那个有名的演员阿姨。直到这一切变得乏味,直到艾芳开始妒火中烧。卡洛拉和莉娜!莉娜和卡洛拉!莉娜,那个高雅的女孩。"莉娜也会骑马!你不觉得很棒吗?我们已经约好下礼拜天一起去骑马了。"

艾芳点点头:"很棒啊。"艾芳还是让卡洛拉抄她的笔记,还是露出微笑,还是说"好"——虽然她的心里在说"不"。其实她宁可对着她们大叫,宁可扯断莉娜长长的金发,但她只是微笑。后来她找了个机会,搬到最后一排靠窗的那个位子去坐了,而且一直一个人坐在那里。

卡洛拉和莉娜坐在她前面。每天早上,艾芳会听到她们的对话:"天哪,莉娜,昨天舞会我……我妈妈帮我买了一件毛衣,我跟你说,特别好看呢!"艾芳也能看到卡洛拉抚摸着莉娜的手,艾芳知道卡洛拉的手有多柔软。

直到四个月前的某一天,留着长发、纤瘦的范西丝卡站在教室门口。

"我是从法兰克福来的。我爸爸在这边的医院得到了一个新职位,所以我们全家搬到了这里。"

霍斯坦老师说:"你可以坐在艾芳旁边。"

范西丝卡伸出手向艾芳问好。她的手很小,比伯多的还小。她坐了下来。霍斯坦老师问她,以前那个学校数学课的教学进度如何。当听到她的进度落后很多时,他转向其他同学,露出微笑。事实上那不算是微笑,他只是嘴角往旁边一咧,那是一个艾芳早就无法忍受的表情。

他说:"范西丝卡得花很多时间用功,才赶得上我们的进度。"

艾芳发现范西丝卡涨红了脸,看起来就像个小女孩,脸上

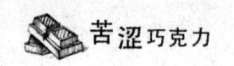

还带着一副伯多被父亲骂时的那种窘迫表情。艾芳站了起来，大声地说："霍斯坦老师，您的意思是说，我们的学生比黑森州①的学生聪明喽？"

卡洛拉转过头来，小声地说："说得好！"

"哦，不，"霍斯坦老师支支吾吾的，任凭同学们幸灾乐祸地窃笑，"我不是那个意思。你知道，这只是课程规划的不同……"

连艾芳也对自己所说的话感到惊讶。

"谢谢。"她身旁的那个女孩子小声地说。

下课时，霍斯坦老师又转向范西丝卡："你很幸运，坐在我们班数学最好的女孩子旁边。艾芳可以帮你很多忙。"

这次艾芳听不出老师的语气里是否带有嘲讽的意味。他说的的确很有道理。

从那天起，范西丝卡就一直坐在艾芳旁边，而她的数学也一直那么差，虽然艾芳在她转来的第二天就把旧数学笔记本找出来借给她。范西丝卡总会和艾芳攀谈，和艾芳说着老师的闲话，每天早上还会伸出手向艾芳问好。

---

①黑森州位于德国中部，最大的城市是法兰克福。

"你怎么了？"今天早上，范西丝卡一如既往地向艾芳打招呼。

"没事。怎么了？"

"你看起来怪怪的。"

"我头痛。"

"那你为什么不待在家里？"

艾芳没回答。她拿出课本。她恨这间教室，她恨这所学校。每天都一成不变！四年过去了，未来还有四年。她简直不敢想象。

第一节是霍斯坦老师的数学课，第二节是彼得斯老师的德语课，第三节是薇洛克老师的生物课，第四节是克莱尔老师的英语课，第五节是华生老师的艺术课，第六节是温蒂老师的法语课。而每一节课她都要求自己要表现得很好。

英语课上进行了小测试，幸好她昨天复习英语了。可是坐在前面的卡洛拉抱怨道："天气这么好，叫人怎么复习功课嘛！我昨天游泳游到七点才回家呢。"

这个笨蛋，艾芳想，什么都不做，只会抱怨，她活该！

"范西丝卡，你等一下把答案给我抄抄好不好？"卡洛拉小

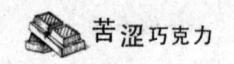

声地央求着。范西丝卡点点头,她的母亲是英国人,她的英语说得比克莱尔老师还好。

艾芳开始答题。范西丝卡丢给她一张小纸条。"给卡洛拉。"范西丝卡小声地说。艾芳把纸条又丢给范西丝卡。

"别这样,给她。"范西丝卡坚持道。

艾芳没抬头,只是微微摇了摇头。如果可以的话,她倒是很想用力摇头,让大家都看到。她还想大叫"不要",并且大声地说:"她去游泳,她去跳舞,她去参加派对,她总是有好玩儿的事可做。她凭什么还能有好分数?!"

范西丝卡看到了艾芳摇头。她只好身体向前倾,把纸条斜斜地从卡洛拉肩膀后面丢了过去。

克莱尔老师走了过来,他拿起范西丝卡的考卷,放回自己桌上,用红色签字笔在考卷上画出一道长长的、粗粗的斜线。

没有人说话,范西丝卡表情僵硬地坐在位子上。这是她自己的错,艾芳想,全怪她自己,又没人强迫她一定要这么做。艾芳又想,卡洛拉也有错,她自己不用功,还叫别人帮她。

那天的午休时间,范西丝卡没有过来找艾芳。

第六章
第一次约会

  下午三点，艾芳来到了喷水池旁。她穿着一条深蓝色的裙子，因为深色衣服会让人看起来瘦一点儿。她上身穿的是一件深蓝色的衬衫，这是史密霍伯专门帮她缝制的夏装。

  米契还没来。艾芳拍了拍喷水池的石台，灰尘扬起又慢慢落下。裙子上的灰尘让她感到恼怒。她试着把灰尘拍掉，却让灰尘吸附在了深蓝色的布上。石头越来越烫，她再也不想这样站在阳光下，像座醒目的雕像似的立在喷水池旁边。她坐到了树荫底下。

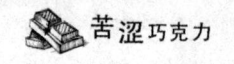

他一定不会来的,她想。他为什么要来?他可以交到别的更瘦、更漂亮的女朋友。她顺手摘了一朵雏菊,用大拇指和食指捏着它慢慢转动。

艾芳想,我干吗在这儿等着呢?我明明知道他不会来的。我以前也等过卡洛拉,站在街角等了快一个小时才回家。转天我向卡洛拉提起时,她吓了一跳,说自己忘了,真的就只是忘了——"对不起,艾芳,昨天我们家乱哄哄的。我阿姨来我们家了。那个阿姨,你知道的。"

艾芳知道。她了解,她点头,她微笑。

米契还是没来。当然没来。他不会来了。一个小时以后,艾芳就会伤心失望地走回家,躺在床上哭泣。她会用冷水洗脸,或许还会吃一块巧克力,然后微笑。

很久以前,她就学会往嘴巴里塞满巧克力来让自己微笑。奇怪,她现在想起了这件往事:那是艾莉卡刚搬走时的事。艾莉卡是她从幼儿园开始就在一起玩的好朋友。艾芳二年级的时候,艾莉卡的父母搬了家,把艾莉卡带走了。艾芳的母亲抱着她,给了她一块巧克力。"你说我能怎么办?"母亲对史密霍伯说,"这孩子这么敏感。"史密霍伯点了点头,说:"是呀,是呀。"

艾芳吃着巧克力,把它含在嘴里,然后咬碎,感受那美好的、令人麻木的甜味。她吞了又吞,把甜味和眼泪一起吞下,让嘴巴和肚子都平静下来,然后开始微笑。"你看吧,玛丽安娜,"史密霍伯说,"世界上没有什么痛苦是不能用甜食抚平的。"艾芳笑了。

她没有给艾莉卡回过半封信。

艾芳拔掉雏菊上的一小片花瓣:他爱我;第二片:很爱我;第三片:非常爱我;第四片:不太爱我;第五片:一点儿都不爱我。要把这朵小雏菊上那些更小的花瓣一片片地拔掉还真不容易。艾芳已经拔掉一半的花瓣了:他爱我,很爱我,非常爱我,不太爱我,一点儿都不爱我。她用眼睛观察白色的花瓣,想知道最后被拔掉的那一瓣代表什么。现在这朵雏菊看起来光秃秃的,一副被扯烂的样子。艾芳生气地把它丢到草地上。她在这里坐了多久?她没戴表。草地刚割过不久,看起来秃秃的,灰绿色的草皮上夹杂着几朵小小的雏菊。

"嘿,艾芳!"

"嘿,米契!"

"我来晚了。"

"嗯。"

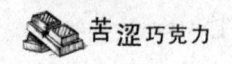

"我想,反正你会爽约的。"

"为什么?"艾芳很惊讶。

"不知道,我就是这么想的。"

他穿着昨天的那件黑色衬衫,衣角处打了个结,露出晒黑的肚子。他在艾芳身边坐下:"你的游泳衣呢?"

"我今天不想游泳。"

"那好,反正我也没钱。"

他看起来心情不好,愁眉苦脸的。

"怎么了?"艾芳问。

"什么怎么了?"米契拔了根草,把它撕得碎碎的,然后低下头看着自己的手。棕色的长发遮住了他的脸,艾芳只能看见他的鼻尖。所有艾芳想说的轻松有趣的话,或是笑声,全都哽在喉咙里,结成了一个硬块,让她几乎喘不过气来。一切静悄悄的。她试着尽量平稳地呼吸着。她可不想像头喘息的海象那样坐在那儿。搞不好海象根本就不会喘息!

为什么他不说话?为什么她也不说话?她等了那么久,就是为了现在这样吗?

米契突然站了起来:"走,我们去河边。坐电车去,一会儿就到了。"

七路电车的终点站就是河边,但他们没买车票。米契没钱,他也不要艾芳花钱买票。为了买车票而花钱太可惜了,他们可以用这些钱喝可乐。

他们沿着城市外围的住宅区走着。一排排看起来一模一样的房子,有着一样的庭院、一样的围栏。"如果有个住在这儿的人喝醉酒回来,一定会找不到自家的门,然后就会睡到邻居太太家的床上去。"米契说着,笑了起来。

艾芳有点儿不知所措,勉强跟着笑了笑。

"你想想看,晚上和邻居家太太睡在一起,早上醒来才发现睡在身边的不是自己的老伴儿。"米契的笑声听起来很假。

他们两个不吭声地往前走,经过一个杂草丛生的广场。广场上"禁止倾倒垃圾"的标识牌下躺着摔碎的啤酒瓶、踩扁了的罐头盒和一只黄色的旧雨鞋。

米契沿着河堤的斜坡走了下去。他叉开双脚,伸出左手扶着艾芳。艾芳穿着凉鞋,鞋底很滑,有些站不稳。她那蓝色的窄裙现在看起来也不怎么蓝了,而且还让她不能自在地活动,再加上那不可救药的、不幸的笨拙身躯,她只能跟着米契一点一

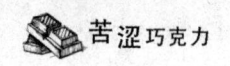

点地往下挪动。终于,他们走到了河边。这其实不是一条河,只是一条小支流,周围是杂草丛生的浅滩。不远处有几株接骨木,扇形的花散发着刺鼻的香味。艾芳在经过这一番折腾之后,大口喘着气。真像一头海象,她想,现在我真的就像一头喘着粗气的海象了。

米契仔细打量着她:"你喜欢这里吗?"

喜欢?这个杂草丛生的地方?只有铺着碎石子儿的斜坡和枯瘦的灌木丛?!

"金雀花,"艾芳说,"我很喜欢金雀花。"

"我以前在这一带住过,我和我弟弟有时候会把隔壁家的女孩子带到这里来,"他脸红了,"玩儿扮医生的游戏。"

米契脱掉球鞋,把牛仔裤卷到膝盖。"来,"他说,"我们到水里去,这里的水不深。"

艾芳弯下腰,她的裙子真的很脏。为什么他们不去公园的咖啡店?她带钱了呀。或是到真正的河边也好,至少那里有河岸可以用来悠闲地散步。

水很凉,也很干净。

"把裙子脱掉嘛,你这样怎么走动啊?"米契说。艾芳用力地摇摇头，把裙子稍微提高一些，没提很多，只提到膝盖上方。

"这里又没人。"米契喊着。他站在水边，把牛仔裤和衬衫脱掉。他里面穿了一条黑色的泳裤。

没人？这里没人？艾芳想。他真的认为我会穿着内裤在这儿跑来跑去吗？而且他还在这儿呢。如果我穿的是那条黑色运动裤倒还可以接受，但是这件有粉红色小花的白内裤……想都甭想！

米契在水边坐下，用双手在土里挖了一个坑。"我们以前都这样玩儿。你看，这里是海洋。"他用手指头划出一道水渠，把水引到坑里，"这里是一条河，河把湖填满了。"

艾芳在旁边做了一个土堆："这里是一座山。"她把草和枝条折下，插在山上："这是树。"米契笑了，开始拿小石子儿铺路，铺了一条弯弯曲曲的山路。"在这边最上面有一栋房子，晚上在那里可以看见湖上的月光。你旅游过吗？"米契问。

"当然。"艾芳回答道，"我们家两年前去过意大利度假。"

"我放假时去汉堡找过我叔叔，去过三次。他是我的教父。"

他们两个沉默下来。米契用小石头盖起了房子。我的膝盖看起来真像馒头，艾芳想。米契有双很好看的腿，晒得黑黑的、

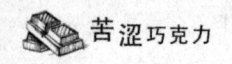

匀称好看的腿。米契说:"我们到那边阴凉的地方去坐坐。"接骨木丛散发着刺鼻的香味,米契把他的衬衫铺在花丛后的地上。"好了。"他说。

他们并肩躺着。艾芳很喜欢这样仰卧着。她可以摸得到自己的髋骨,腰部的肥肉几乎都感觉不到了,只有细滑的皮肤绷在骨头上,而且,仰卧时的肚子看起来是扁平的。米契将身体移近,把手放在她的腿上。

"不要!"艾芳大声地说。米契的声音听起来和往常不同:"别这么拘谨嘛。"

"不要。"艾芳又说了一次。她坐起来,用裙子盖住膝盖。

"你真傻!"米契说。他跳起来,跑进水里,把整个身体潜入水中。他抬头大口吸气,再潜进水里,过了好一会儿才又探出头来。

"我要走了。"艾芳拍拍裙子,试着把灰尘拍掉。

米契浑身湿淋淋的,他穿上牛仔裤,抖了抖衬衫,把它绑在腰上。米契牵着艾芳,走上斜坡。到了斜坡上面,他说:"我刚才说你傻,不是有意的。"

"没关系。"

他们并肩走着。

"你以前交过男朋友吗?"

"没有。"

"哦,这样啊。"

"那你呢?你以前有女朋友吗?"

"有,我认识很多女孩子,可是没有一个像你这样。"

"那你认识的女孩子是怎样的?"

米契耸耸肩。"不一样就是了。"他含糊地说。

过了一会儿,他们牵着手走到七路电车的终点站。

"来,我们跑吧。"米契说。

"我不太能跑。"艾芳拒绝道。

"你应该减肥,这样你就可以跑得比较快了。"

艾芳的身体抽搐了一下,但没有把手放开。

"我们家有五个男孩子,三个女孩子。"米契说。

"总共有八个,我的天哪!"

"每个听到的人都会有这样的反应,"米契说,"好像我们犯了罪一样。"

"不是这样的,只是很少有家庭会有这么多小孩儿。我们家

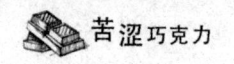

只有两个,我弟弟和我。"

"八个还不算太糟糕。在我住的那一带,有很多家的小孩儿比我们家的还多,有一家甚至有十二个。我们家小孩儿现在只有六个在家,姐姐结婚了,哥哥在当兵,所以也还不算太糟。只是我们没有太多钱。我从来都没有过零用钱。"

"你不在意吗?"

"我当然在意。不过我每周四都会去张贴市政布告,这个活儿是哥哥交给我的,不是当兵的那个哥哥,是法兰克。这样,我每次可以赚二十马克。明天我又可以领钱了。你星期六要不要跟我一起去看电影?"

"好的,我很乐意。"

"明天我要贴布告,没空,星期五你有空吗?"

艾芳摇摇头:"星期五我要上钢琴课,而且还要在家里帮忙打扫卫生。"

米契苦笑了一下:"我们家也是星期五打扫卫生,不过到了星期六就又一团糟了。"

天色已晚,他们走了三站地后,搭上了电车。这次他们买了票。在电车里,艾芳开始担心一会儿回家后会面临的责骂。她的身体不安地颤抖着。

"你是想上厕所吗？"米契问。

艾芳吓了一跳，看了一下四周。"不是。"她小声地说，"已经七点半了，我怕我回家会被父母骂的。"

"十五岁了还会呀？我姐姐十六岁就结婚了。"

"你不知道我爸是怎样的人。"艾芳说。

"我姐姐是不得已才结婚的。"米契说。

第七章

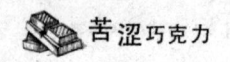

失 眠

艾芳打开家门。

"艾芳？"母亲在厨房叫她。

"我回来了。"

母亲走了出来，把手上的水在围裙上抹干："你终于回来了。你跑到哪儿去了？我们都已经吃过饭了，你爸爸正在气头上。你知道我们每个人都要在六点半以前回家的。"

"这样才有人可以听他发号施令。"

"别这么说。"

艾芳耸耸肩,想要躲开母亲。她想在耳朵里塞上棉花,不想再听那些唠叨。母亲穿着浅蓝色的围裙,围裙上水迹斑斑。她瞪大双眼瞧着艾芳,那双眼睛是青瓷器的蓝、褪了色的蓝。想到米契的姐姐十六岁就结婚了,艾芳说:"我已经不是小孩子了。"

她也对父亲说了这句话。父亲坐在电视机前的沙发上,两条腿架在板凳上,一旁的茶几上摆着香烟和烟灰缸。

父亲疑惑地看着她:"你去哪儿了?"

"去河边散步。"

"自己一个人?"

艾芳迟疑了一下。"和同学去的。"她说。

"下次你要在七点以前回来,知不知道?"

艾芳咬了一口苹果。"知道。"她快快地回答,"但我同学想几点回家就可以几点回家。"

"她们家可以,我们家不行。我不许你到了晚上还在外头闲逛。只要你还待在这个家,只要我还对你有抚养义务,你就要听我的。"

艾芳又咬了一口苹果,在另一张沙发上坐了下来:"有什么好看的节目吗?"

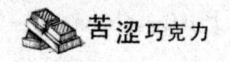

"《要不要打个赌》。"

艾芳走回房间。这天晚上相当闷热,令人难以入睡。

转过天的午休时间,艾芳对范西丝卡说:"昨天英语考试的事我很抱歉。"

"没事,那对我的分数不会有很大的影响。"

"我并不是因为你才不给她传纸条的。"

"我知道。"

"你知道什么?"

"卡洛拉说你一直在嫉妒,因为她和莉娜很要好。"

艾芳紧紧捏住书本,直到手指隐隐作痛:"她还没好到让我可以为她伤心那么久!"

她把书本翻开。范西丝卡陪着她坐在围栏前的水泥台子上:"当时你很生气吗?"

她那时很生气吗?不,不是生气。为这种事生气是不对的。应该说她很失望、很伤心,她觉得很受伤。她感觉到的是一种令人震惊的哀伤:这样的事竟然发生在自己身上。突然间,她独自站在那儿,怀着对卡洛拉的满腔情感,而卡洛拉却将这些情感有时候是很难缠的。一个洁身自爱的女孩子……"

"妈妈,我知道自己该怎么做。"

"好吧,"母亲叹了口气,"我也是这样告诉你爸爸的,每个人都要自己去体验人生,我妈妈也从来不曾跟我说过这些。"

艾芳笑了:"我想你累了,你现在说话开始像外婆一样了。"

"不过相信我,我说的是有道理的。我现在过的生活也和我以前想象的完全不一样。"母亲看起来很悲伤。

"你应该去找个工作或是去做点别的事,而不是要么把自己困在家里,要么只会去找那个史密霍伯。"

"那家里的事谁做?你又不是不知道你爸爸。"

"爸爸之所以会这样,是因为你什么事都顺着他。"

母亲没有回答。她们喝完了茶,把桌子清理干净,艾芳站了起来。母亲搂着她说:"晚安,孩子,好好睡。"

艾芳靠在母亲身上,母亲轻抚着她的背和头发。

"晚安,妈妈。"

第八章

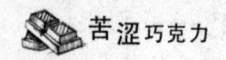

噩　梦

艾芳站在浴室的镜子前。幸好家里除了卧室衣柜的内侧有大镜子以外，其他地方都没有大镜子。艾芳把脸凑近镜子，把鼻子贴在镜面上。她凝视着她灰绿色的眼睛，瞳孔外围是深灰色的，里面有绿色的星形斑纹。她看得有点儿头晕了，便退后一步看着自己的脸。这张脸的周围摆满了漱口水和牙刷，红的、蓝的、绿的、黄的……母亲的口红也摆在那儿。她拿起口红，在镜子里的那张脸上画了一颗心。她笑了，向前贴近这张陌生又熟悉的脸。"你的脸看起来还不赖。"她说。镜子里的那张脸挂着微笑。"你是艾芳。"她说。镜子里的那张脸噘起嘴巴,做了一个亲吻的动作。那个鼻子略微显得长了些。"这是艾芳的鼻子。"她说。她把马尾辫松开,让头发垂到肩上。拳曲的、有点儿蓬松的长发披散下来。她用梳子在头顶上分出中分线,把头发稍微往前梳。就是这样,很好。米契会喜欢她的这个造型吗?她噘起嘴,让嘴唇微微往外翘,然后眯起眼睛。她现在看起来就像个正在使坏的漂亮女人,像是杂志上的漂亮女明星。她又开始涂口红,慢慢地、小心地,然后在双唇之间放一张纸巾,抿一下嘴巴,她看到母亲都是这样做的。

有人敲门:"谁在里面?"是伯多。

"我。"

"快一点儿,我很急。"

艾芳把马桶旁的卷筒卫生纸撕了一段,擦掉镜子上的口红印,然后打开门。

"你这是什么样子?!"伯多说。

艾芳第一次发觉,他讲话的语气很像父亲。

"你不喜欢吗?"

"不喜欢,你看起来像马戏团里的马。"

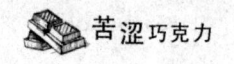

艾芳大笑:"可是我喜欢,非常喜欢。"

"你等着瞧吧,看爸爸一会儿看到你这样会怎么说!"

可是父亲并没有看到她。他正在睡觉,正在享受他星期六的午睡。通常他会睡到《体育新闻》开始才起来。

"我看起来怎么样,妈妈?"

母亲看着她,迟疑了一会儿。"你像变了个人似的,"她说,"看起来有点儿野。"

艾芳拿起她的蓝色雨衣,她很庆幸今天天气不好,因为穿上雨衣,别人就看不出她胖了。

"妈妈,拜拜。"

"玩儿得愉快,孩子。别忘了,十点前回来。"

"知道啦。"艾芳说着把门轻轻带上,父亲还在睡着。

米契惊讶地看着她:"你这样很好看。"

他们俩正坐在咖啡店里喝可乐。其实艾芳并不特别喜欢喝可乐,但米契没问她,就先帮她点了。

"星期六下午我通常都会去青年活动中心。"米契说。他穿着一件白衬衫,扣子解开了两个,外面套着一件深蓝色的灯芯绒夹克。他今天穿得很正式。

"你们在活动中心都做些什么？"

"很多活动啊。通常星期六会有舞会，有一个由男孩子组成的乐团会演奏很棒的音乐。"米契骄傲地说，"其中有一个是我的好朋友，他弹电吉他。"

"你好，艾芳。"艾芳抬头一看，蒂娜正站在她面前。

"你好。"艾芳说。

蒂娜好奇地看着米契。她站在那儿不动，直盯着米契看。她身边那个留着金色长发、有点儿瘦弱的男孩把手臂搭在她肩膀上，试图把她拉走："走吧，我好渴。"

蒂娜问："他是你男朋友吗？"但她并没有看着艾芳。

"如果你不反对的话。"米契回答。

"拜拜。"蒂娜大声地说。那个长发男孩把她拉向咖啡店里边的座位。

"你看她看你的那个样子！"艾芳说。

"她是谁？"

"我班上的同学。"

"你和我在一起会不会觉得丢脸？"

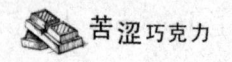

艾芳惊愕地反问:"为什么会丢脸?"

"哎呀,因为我只读普通中学,没什么特别的嘛。"

什么特别不特别的,艾芳想,你读普通中学人家看不出来,可是我的身材大家都看得见呀!

她提高了音量:"这个你不用那么在意,读什么学校还不都一样,又不能证明一个人有多聪明。"

"你说得倒轻松,"米契回答,"我从来没有跟一个读文科中学的女孩子相处过,感觉真的很怪。"

"我有什么不一样吗?"

"很不一样。"

"怎么个不一样法?"

"我不知道,就是很不一样。"

艾芳很想问他:"我是不是比较好?"她很想清清楚楚地知道,米契和其他女孩子在一起的时候都做些什么。他们是不是也去"河边"?但是她最终还是把这些问题吞进了肚里,她没有勇气听他的回答。

他们之间再度陷入沉默。艾芳又想:难道这就是她过去一直向往、一直在脑海里想象的交男朋友的样子吗?男孩和女孩交往时，就像现在这样有一堆话要说，却又不知道该怎么开口吗？

她又点了一杯可乐。

后来他们去看了电影。在电影院里，米契握着艾芳的手。他的手有点儿粗糙，有点儿瘦长，和卡洛拉的手截然不同。

银幕上出现了一个牛仔，他骑着马越过大草原，走向镜头里通过特技手段渲染出来的泛红的落日。米契轻抚着她的手。艾芳不敢吭声，她几乎无法呼吸……

电影结束后，米契送艾芳回家。她打开家门时正好是十点。"是你吗，艾芳？"母亲从客厅里叫她。

"对，是我。"

客厅里传来新闻播报员的声音："今日，巴伐利亚州受浓雾影响，至少有八人因交通事故身亡。"没错，今天早上的雾的确很浓。

艾芳走进浴室，把门锁上，用手撑着冰凉的白瓷手盆，看着镜子里的自己。她凝视着自己的双唇。口红已经褪了色，只剩嘴角还有一点儿淡淡的颜色。她看起来和往常没什么两样。她有点儿惊讶，米契没有在她脸上留下任何痕迹。

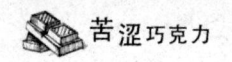

她拿起牙刷,挤上牙膏,犹豫了一会儿,然后又把牙膏冲掉了。今天不刷牙了。她不想把这记忆刷去。

她把头发梳起来,然后上床睡觉。母亲好奇地打开门,试探地问:"怎么样?"

"很好。"艾芳回答,"我很累,我现在要睡了。"

艾芳走在楼梯上,无止境的楼梯。米契站在上方往下望。或许那是卡洛拉?那是卡洛拉的身体,却长着米契的脸吗?她脚步沉重地走上前去,这时"卡洛拉与米契"开始崩裂,像万花筒里的碎片一样分裂开来。艾芳闭上眼,手脚并用地往上爬。然后她鼓起勇气,睁开双眼,看见米契站在远远的上方,背对着她。"米契!"她喊着,"米契!"他转过身。"别过来,"他用一种极陌生的语调说,"赶快回去,不然我砍你一刀!"这时艾芳才发现,他手里握着一把长长的弯刀。他缓缓地举起弯刀,刀刃闪闪发光。艾芳大叫,转过身想要跑下楼梯,可是眼前却只有一个大洞——一个张着大口、黑漆漆的无底洞。不可能,艾芳想。楼梯怎么在一瞬间就消失了?然后她一头跌入洞中,无止境地坠落下去。惊恐遏制住她的呼吸、她的呐喊,血液冲进她的脑袋。她想,现在,就是现在,我要坠落了,我就要死了,现在,就是现在!

就在这时,她突然醒了,发现自己躺在床上。她如释重负地哭了起来。

冰箱里还有一大碗布丁——巧克力布丁。

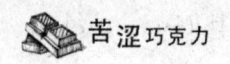

第九章
奶　奶

星期天,艾芳痛恨星期天。每个星期天都一样,都是下雨、出太阳、下雪或刮风,所谓休息日的娱乐顶多是出去看场电影罢了。星期天比上课的日子更令人讨厌。在学校她至少还能期待会有新鲜事发生,会有人和她交谈,或是范西丝卡会把手放在她手臂上,并且告诉她许多事情。可星期天就只是啃书的日子,用啃书来打发时光,边背英语单词边听电台里的流行音乐,要么就演算数学方程式,同时打着星期天的饱嗝儿。

星期天的早餐,全家人会围坐在餐桌前,围着冒热气的咖啡壶和星期天必吃的蛋糕。母亲穿着一件看起来质地有点儿僵硬的尼龙印花睡袍,暗红的玫瑰衬着粉红的底色。父亲这时还没有刮胡子,穿了一件蓝白相间的睡衣,外面套着一件深蓝色的浴袍。

"今天妈妈又烤了一个很棒的蛋糕。"父亲说。母亲看着她的盘子回答道:"烤得有点儿太焦了,我应该早五分钟把蛋糕从烤箱里拿出来的。"她又说:"奶酪馅儿的水分太多了,这个烤箱最底层的火候有点儿问题。"

"没这回事,玛丽安娜,"父亲反驳道,"这蛋糕真的很好吃。对不对呀,孩子们?"

艾芳和伯多嘴里塞满了蛋糕,含糊地回答说:"今天的特别好吃。"每个星期天都是这样。

十一点半的时候,全家人会出发到奶奶家吃午餐。"我们家非常重视家庭生活。"母亲这样对史密霍伯说,"我总是再三强调,对孩子来说,没有什么比好的家庭生活更重要的了。就像我们家,每个星期天都会到我先生的父母家去吃饭。"史密霍伯听了点点头,说:"如果每个家庭都像你们家这么和睦,就不会有那么多青少年犯罪了。"艾芳听了直想大声尖叫。大家全都穿戴

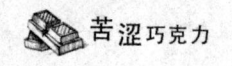

整齐,梳好头发,然后还要检查指甲。艾芳的指甲总是必须剪得很短,才能把那些被她咬得参差不齐的部分修平。

伯多在出门前总是愁眉苦脸的,看起来心情极差。他往往还会被赏个耳光,因为他宁可和朋友在对面的广场上踢足球。但是他总是不能如愿,总是不得不沉默地屈服,压抑自己的意愿。

"费兹,别在星期天打孩子!"母亲说。

"谁叫他该打!"父亲回答道。

天气好的时候,他们就徒步前往,只有下雨天才会坐车。"上了一个礼拜的班,要活动一下筋骨才会健康。"父亲说道。他晃晃肩膀,踏着轻快的脚步走过空无一人的大街,一副雄赳赳的样子。广场上传来男孩子叫喊的声音:"射门得分!"伯多把脸转开,他的脸上还残留着泛红的手印。

艾芳跟在后面慢吞吞地走着。她不喜欢去奶奶家,从来就不喜欢。

她还很清楚地记得以前住在奶奶家时的情形,那时妈妈待在医院里。一会儿"小芳来这里",一会儿"小芳去那边",家里还到处都是清洁剂的味道。"小芳,把这里整理好。""乖小孩儿要把饭吃光。""乖小孩儿要收好玩具。""乖小孩儿要让奶奶亲亲。"艾芳只希望爸爸能早点儿过来。

伯多出生时,她已经五岁了。她还记得当时爸爸用兴奋愉悦的语调,大声地说:"是男孩!你们看,这次真的是男孩!"父亲的笑声与以往截然不同,他对艾芳从来没有这样笑过。艾芳想要跑向他,投入他的怀抱。她整天等着他来,等着父亲把她抱上大腿,搔她的痒,直到她笑得肚子发疼。她期待着这种快乐又近乎痛苦的感受。

然后,她终于等到了父亲,可是父亲却没看她一眼。"是男孩!"他说,"是男孩呀!"艾芳上前一步,伸出手去碰他,父亲没注意到她。"而且是个胖男孩,足足有八磅重!"

奶奶高兴得拍起手来:"哈!终于生男的啦!"她打开橱柜上方的玻璃门,那时的艾芳还够不到那扇门。奶奶举起手臂,从里面拿出一瓶酒。她的裙摆往上扬,艾芳看见了奶奶膝盖上方卷起来的长袜,奶奶总是把长袜往下卷到膝盖上方,再用橡皮筋把它固定好。棕色的长袜上方露出白皙的腿部,看起来如同面团一般——一块用干净的厨房毛巾覆盖住、正在大碗里发酵膨胀的白面团。

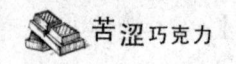

他们坐在厨房的餐桌前,奶奶为父亲添酒。父亲连喝了好几小杯,红着脸笑出声来。没错,是男孩。然后奶奶说:"你出生的时候也是这样,大家高兴得不得了。"她边说边摸着父亲的手。

艾芳站在一旁盯着桌布看,那是蓝白相间的方格布。艾芳开始数起方格来,她那时会数到十。有一块方格上沾有绿色的污渍,那是午餐时洒的菠菜汁。"菠菜很有营养。"奶奶说。艾芳不喜欢吃菠菜。"应该给他取名叫伯多。"艾芳安静地走进卧室,躺在奶奶的床上,盖上那条白色的大棉被。棉被上绣着"EM"的字样,E是奶奶的名字艾菲德,M是她嫁给爷爷前的姓——穆勒。

艾芳一步一步麻木地走着。她讨厌散步。走了半个小时以后,父亲开始催促:"走快一点儿,孩子们,不要让奶奶等我们。"

艾芳已是满身大汗,她拿出纸巾,擦干脸上的汗水。最后,一家人终于到了那栋陈旧的公寓前。奶奶和爷爷住在二楼。艾芳不喜欢这栋阴暗的公寓,从来就不曾喜欢过。公寓里塞满了家具,墙上挂满了照片。

"这是你姑姑艾德莱,她嫁到美国去了。她先生人很好。你看,他们有三个小孩儿。"奶奶指着一张照片说。

艾芳看着照片。一个壮硕的女人站在一棵圣诞树下,旁边站着她的先生和小孩儿。

"她每个月都会寄一封信来。"奶奶说,然后撩起围裙裙摆来拭泪,"每个月都寄呢。"

"好了,妈妈。"父亲说,他把手搭在她的肩膀上,"别难过了。"

"天哪,我的鹅肉!"奶奶说完就蹒跚地走进厨房。

这么热的天还吃烤鹅,艾芳想。她站在小柜子前,看着照片上的父亲。这些照片整齐地排列在一个金色细边相框里——父亲第一天上学,看起来胖胖的,穿着深色的毛衣,紧紧地抱着书包;父亲第一次领圣餐,穿着黑西装、白衬衫,在烛光中显得正经而严肃;父亲毕业;父亲服兵役,身旁站着他军中的伙伴……看来他一直都很胖。

"小芳,到厨房来,午餐准备好了。"是爷爷的声音。爷爷搂着她亲了一下,艾芳的脸上湿湿的。艾芳轻抚着他稀疏的白发。

"爷爷,您最近好不好?"

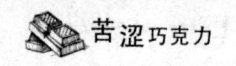

他年纪很大了,比奶奶老很多。

"还好,孩子。人老了就不一样了,会变得谦卑,如果还算健康,就要懂得感谢上帝。"

桌上有一只很大的、烤得金黄的鹅。鹅肉上的油滴到盘子上的酱汁里,像是一只只金色的眼睛。奶奶站在桌前,一手拿起空盘子,一手夹起一块鹅肉和一只鹅腿。奶奶把肉放进盘子,再放入两个面包球,拿起大汤勺,淋上有着金色油亮"眼睛"的酱汁,盘子的一角还盛了些红甘蓝。

奶奶把盘子端到父亲面前。"谢谢妈妈。"父亲说。他总是第一个拿到食物。

"谢谢。"爷爷说。

"谢谢。"母亲说。奶奶灿烂地笑了。

伯多手里早就准备好了叉子。奶奶一把盘子端给他,他就大吃起来。

"小芳慢用。"

艾芳喉头一阵作呕,赶紧喝了一口苹果汁。奶奶吃的时候,要先把肉切成很小块。"你们也知道的,我的牙齿不管用了。"她吃饭时嘴里啧啧作响。

"艾德莱写信来说,她的儿子已经毕业了,毕业成绩相当好,他会继续上大学读书的。"

"我们艾芳在学校里的成绩也越来越好了,"父亲说,"我们都为她感到高兴。"艾芳听了只觉得恼火。

"是呀,小芳是个好孩子。"奶奶的嘴里塞满了食物。艾芳可以看见她牙缝里的面包球和红甘蓝。

"只有这个伯多,"父亲继续说着,"伯多太懒惰了。他不是笨,而是太懒了。"

伯多涨红了脸。他嘴里塞满食物,沮丧地嚼着。突然他噎着了,用手捂住嘴巴,忍不住要咳嗽。艾芳观察着她的父亲,他虎着一张脸,看母亲笨拙地拍着伯多的背。

"快喝点东西。"父亲说。伯多听话地举起盛着苹果汁的玻璃杯,急切地喝了起来。他的手沾到了一点儿酱汁,那颜色和雀斑一样。

"如果玛丽安娜不那么宠他的话……"父亲说。

"是呀,"奶奶说,"有时候教育孩子也要来硬的。"

母亲一声不吭。

"不过,我们艾芳啊,"父亲又提了一次,"艾芳让我们很满

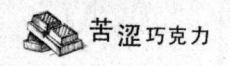

意,她总能拿到好成绩。"

"对呀,我们小芳,"奶奶说着,吃了一口面包球,"我们小芳是个好孩子。你小时候也一直都是个好孩子,费兹。"艾芳已经把盘里的食物吃得精光。

吃完饭后,母亲负责洗碗,艾芳帮忙擦盘子。"你不用洗碗啦,玛丽安娜。"奶奶每个星期天都这么说。而母亲在每个星期天也都这样回答:"本来就应该我来洗,奶奶,您帮我们做了这么好吃的午餐。"

吃了这么多食物让艾芳觉得反胃。

他们回到家后又喝了咖啡,还吃了那特别好吃的蛋糕。

"艾德莱的儿子要上大学了。"父亲酸溜溜地说,"那我的儿子呢?我儿子连文科中学都上不了。"

"别老是拿你儿子开刀。"母亲说。

"我在教训儿子时你别插嘴。为什么他今年会留级?你说说看!因为他不会算术!而这小子竟然是我儿子!"

艾芳这时必须咬紧双唇才不会失声大笑。她想,搞不好伯多还宁愿自己是别人的儿子呢!不过,她当然不能把这句话说出来。父亲是个会计,他总是为自己能算得又快又好而自豪。对于父亲来说，数学成绩就是衡量一个人聪明与否的标准，而聪明与否决定了一个人是否能有所成就，是否能赚取一些东西，例如装潢精美的公寓、彩色电视机、洗衣机、洗碗机，诸如此类。

"如果你这么懒惰，将来怎么能有所成就？"

拜托，艾芳就知道他会说这个。

"我要当卡车司机。"伯多倔强地说，"当卡车司机不用上文科中学。"

"如果我当年有机会读书的话，我会心存感激的。"父亲痛苦地说，"可是当时我们没有钱。我告诉你，下学期给我好好用功。我比你清楚，我敢说你绝对不笨。到五年级时你的成绩一定要比现在更好，听到没有？"

伯多低头看着盘子。艾芳看着他。看起来他几乎快哭了，但是他没有哭。他低着头，把一块蛋糕塞进口中，然后拿起杯子喝了口热可可，吞下后马上再咬一口蛋糕。伯多吃得相当快，简直就是狼吞虎咽。他头也不抬，赌气似的把自己的肚皮塞满。

"艾芳，你怎么不吃？"父亲问。

这时艾芳才发现，她面前的那块蛋糕一口都没动。她没抬头看父亲，她说："都被你骂得没胃口了。"

苦涩巧克力

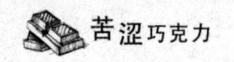

"艾芳！"母亲吃惊地叫着。

"本来就是。"

"哦,我们家小姐也想造反哪,是不是？"父亲说,"直到现在我还没看过你胃口不好,你看起来好像总是很饿。"

"别说了,"母亲紧张地说,"我实在不知道你们今天怎么搞的,吃饭的时候不能吵架,会消化不良的。"

艾芳不说话了。她还能说什么呢？对于母亲来说,吵架有碍健康。但是对于父亲来说,他一天不骂人就会不健康。艾芳嚼着她的蛋糕,蛋糕吃起来又干又酥。她把蛋糕放回盘子里。"就这一小块蛋糕你总不会吃不下吧？"母亲说,"就这么一小块。"

艾芳学着伯多的样子,也喝了很多热可可,把蛋糕塞进了肚子里。

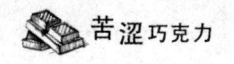

"喏,艾芳,配块白面包吃。"

艾芳吃了起来。母亲把茶壶和两个茶杯放在桌子上。艾芳用叉子叉了一块荷包蛋,放进嘴里,然后对着母亲微笑。母亲勉强地回笑了一下。她们俩坐在那儿对望时,门打开了。艾芳扭头一看,父亲正穿着睡衣、头发蓬乱地站在门口。他的睡衣没有扣好,露出了毛乎乎的胸部。艾芳转过了身。

"你们在这儿做什么呢?"

"我们睡不着。"母亲看着他,脸上毫无表情。

"哦,这样啊……"父亲喃喃地说,"不过还是早点儿睡觉吧。"说着他关上了门。

等了一会儿,艾芳说:"我今天是跟一个男孩子去河边的。"

"我也是这么想的。你从来没有这么晚回过家。他人好不好?"母亲问道。

"嗯,他很好。"

"你爸爸说我应该找机会和你谈谈,叫你要对男孩子小心一点儿。"

"你不用跟我讲那些,我全都知道。"

母亲的脸微微泛红:"我要说的不是那些,我想说,男孩子是难得呀！"

此时此刻，艾芳猜想着，盖柏家的什么人这么晚了还醒着？是那个"好女儿"？还是盖柏老先生又不舒服了？就在这时，灯熄了。也许只是有人起来上厕所，或是吃个夜宵吧。

艾芳非常饿。她悄悄地走进了厨房。当她正舒服地坐着舀起一匙酸乳酪时，厨房的门开了，她吓了一跳，进来的人是她的母亲。母亲的脸看起来有点儿浮肿，母亲眯缝起眼睛，把手放在额前，挡住刺眼的灯光。

"我听到你起来的声音，我也睡不着，所以想看看我们是不是可以一起喝杯茶。"艾芳点了点头。母亲把茶壶装满水，放在电炉上："你饿不饿？要不要我帮你煎个荷包蛋？"

"好，谢谢。"艾芳同意了。

白天，母亲在炉子前总是动作迅速又熟练，可是现在的母亲看起来与白天不一样。事实上艾芳比较喜欢母亲现在这个样子。一盘荷包蛋摆在了她面前。蛋白中间是近乎橘红色的蛋黄，母亲总爱在蛋黄上撒些红椒粉。

"这样才好看。人不只是用嘴巴来吃，眼睛也会跟着吃。"脆脆的蛋白边缘浮动着咖啡色的奶油。

置之不理。不，她不是生气。她是伤心，是心痛。

但是这件事和其他人没有关系，尤其是范西丝卡。艾芳察觉到自己的眼眶湿润了，连忙把头低下来，但是范西丝卡看到了，她伸出手臂搂住艾芳。艾芳想要把这只手臂甩开，可最终还是没有那样做。于是她们就这样坐着，直到上课铃响起。

这天放学以后，艾芳在公园里吃了虾肉沙拉。

晚上躺在床上时，艾芳又想起范西丝卡搂着她，轻抚着她的上臂的情形。她还想起米契把手放在她的腿上，想起艾莉卡和卡洛拉，尤其是卡洛拉。她哭了起来。她咬着嘴唇，把头埋进枕头里，克制住自己想大叫的冲动。

她的脸在枕头里发烫。她翻了个身，把枕头翻过来，让发烫的脸颊贴着枕头冰凉的那一面。我觉得很难过，她想。可是事实上我应该觉得高兴才对。我认识了米契，范西丝卡也一直在我身边。为什么我还要觉得难过呢？那些事都过去那么久了，为什么我还不能把它忘掉呢？

渐渐地，她的啜泣平息了，肚子的紧绷感也消失了。现在，哭泣反而像是一种安慰。

艾芳睡着了。

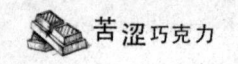

她醒来的时候已经快凌晨了。她把床头柜上的灯打开,发现自己满身大汗,皮肤黏糊糊的,而且心中仍然十分难受。房间里还是像白天一样热,她忘了开窗,难怪这么闷。她小心翼翼地把窗户打开,这扇窗总是卡得有点儿紧。开窗的声音把她吓了一跳,这声响在宁静的夜里显得格外响亮。

她深深地吸了口气。此刻,空气是温热的,繁星高高地挂在天上,屋顶后方微微映着浅灰色的晨光。

好一个夏天,艾芳想。

对面那栋房子二楼的灯还亮着,那里是盖柏老夫妇的公寓。他们和那个也已经上了年纪的女儿住在一起。他们的女儿很少露面,通常一大早就出去上班,下午五点才两手提着购物袋回家。盖柏老夫妇总是在天气好的日子里坐在阳台上,看着楼下的街道。艾芳早就察觉到他们彼此并不说话,他们只是动也不动地坐在那儿往下看。去年夏天,盖柏老先生得了中风。救护车闪着蓝灯,伴着滴嘟的警报声将他一路送到医院。有好几个礼拜的时间,盖柏老太太都独自一人坐在阳台上。有一次艾芳在肉店里等店员给她切牛肉时,听到旁边一位太太说:"盖柏家老夫妇真有福气,有这样一个好女儿,在如今这个年代可真

第十章
迪斯科

艾芳和米契坐在奶昔店里，外面下着雨。艾芳把头发散开，米契握着她的手，他们面对面地坐着。

"等一下我们去跳迪斯科好不好？"

"为什么？"米契问，"我更想和你单独相处。我们真的不能去你家吗？"

"不能，"艾芳说，"你不知道我爸爸是怎样的人。"

"真可惜。"

"我很想去跳迪斯科，我从来没去过。"

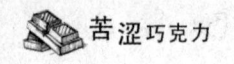

米契耸耸肩:"我没意见,不过那里很吵,而且很贵。"

"我有钱。"

"好吧,那我们就去约瑟夫广场那边的舞厅吧。"

艾芳犹豫了一下:"我从来没跳过舞,只和我爸跳过一次华尔兹。"

那次是过年,父亲喝了点香槟酒,心情相当轻松愉快。恰好收音机里传来了舞曲优美的旋律,父亲突然把沙发和桌子搬到一旁,十分兴奋地把收音机的音量调大。

"来,玛丽安娜,我们来跳一段华尔兹给孩子们欣赏欣赏。"

母亲拒绝了:"哦,不,费兹,我们已经好久没跳了。"

"来呀,"父亲把面有难色的母亲从沙发上拉起来,"来呀,玛丽安娜,别说你跳不动了,都是借口。"

他们跳起舞来,父亲还跟着旋律哼唱着:"蓝色多瑙河,多美好,多美好……"

他们跳了探戈、华尔兹、恰恰和狐步舞,直到母亲两颊通红。

"艾芳,轮到你跳了。"父亲说。母亲气喘吁吁地坐回沙发上。

"我不会跳。"艾芳回答道。

"那现在正好是你学习的时候。"

艾芳也突然变得兴奋起来。她很惊讶,父亲那粗壮的身体竟然可以这样灵活地旋转和摆动。他看起来和往常不同,仿佛年轻了许多。

"你们的爸爸以前得过舞蹈大赛冠军呢,那时我们才刚认识不久。"

艾芳惊讶地看着父亲:"真的?"

艾芳随着父亲跳了起来。她觉得自己笨手笨脚的,踩不准拍子,还踩到了父亲的脚。

"不是这样的,艾芳,不要光想着你的脚,只要注意节拍就行,让人家带着你跳。听得出来吗?一、二、三;一、二、三;一、二、三……"

这之后,一切真的轻松多了。艾芳在父亲的臂弯里随着音乐旋转。她觉得身体变轻了,她感到十分快乐。

"跳得很好,艾芳,真的。玛丽安娜,我们下次得带我们的女儿出去跳跳舞。"

母亲点了点头。伯多则趴在他的米老鼠画册上睡着了。

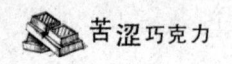

"我和我爸爸跳过舞,"艾芳看着米契说,"他以前得过舞蹈大赛冠军呢。"

"真的?"

"嗯,那时他才刚认识我妈。"

米契迟疑地看着艾芳:"可是在舞厅里没有人跳华尔兹呀。"

艾芳笑着说:"这我知道。我在电视上常常看到的。"她想起自己在房间里偷练舞步的事,觉得应该不会太难。

舞厅里挤满了人。艾芳看见那些美丽纤瘦的女孩子时,恨不得马上转身离开。不过,并不是所有的女孩都很瘦,也有几个比较胖的。其中有一个人手里拿着可乐瓶,站在男孩和女孩中间放声大笑。艾芳看到她笑得那么开心,仿佛和其他人没有什么两样。但是她真的很胖,虽然没有艾芳那么胖,但还是很胖,而且她还戴着眼镜。

米契拉着艾芳走向角落的一张桌子。艾芳放下手提袋,准备坐下来。"等一下,"米契说,"既然来了,就先跳一会儿。"

舞厅里太吵了,米契必须喊着说话,她才听得见。舞池里挤满了人,可是米契照样挤进人群,并且开始摆动起身体,先是慢慢地,然后越来越快。

他跳得真好,艾芳想。她的腿都软了,觉得天旋地转。父亲是怎么说的?"不是这样的,艾芳,不要光想着你的脚,只要注意节拍就行,让人家带着你跳。"可是这里没有人带着她跳哇!

她跟着米契跳。一开始慢慢地摆动大腿,踩着节拍踏着步子,那动作就像是一个孩子急着想上厕所似的,她想着想着就笑了起来。米契也笑了。

他拉起她的手,轻轻地随着节奏摇摆。后来,那次过年时的感觉又回来了,不过这次感觉更好。艾芳笑着甩了甩头发,她那披散着的长发立即飘动起来。她忘却了她那大象般的躯体,尽情地舞着。

跳了一会儿之后,米契拉着她走出舞池,坐回椅子上。"给我钱,"他说,"我去买可乐。"

"我想喝矿泉水。"

米契买了一瓶矿泉水回来,放在艾芳面前,然后紧紧地靠着她坐下,把手放在她的大腿上。我满身大汗,艾芳想,全身都湿透了,希望我没有汗臭味。她把他的手轻轻推开。

"天哪,艾芳,"米契兴奋地说,"我没想到你舞跳得这么好。

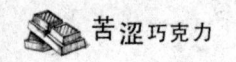

星期六你要不要跟我去活动中心？那天有舞会。"

艾芳点头同意了。

她的衬衫湿漉漉地黏在皮肤上，不过她不在意。她站了起来，把米契拉向舞池。

"我还要跳。"她说。米契点点头。等她抬头看表时，已经是八点了。

艾芳轻轻地打开家门，客厅里传来电视的声音，已经超过九点半了。客厅的门打开了，父亲瞪着她，从头看到脚，然后上前两步，抬手就是一个耳光。艾芳直视着他，那个耳光打得她脸颊发烫。

"费兹！"母亲无助又生气地说，"为什么她不能晚一点儿回家？她都已经十五岁了！"

"我不准我的女儿在外面四处闲逛！"

"她十点才回来并不表示她是在外头闲逛。如果她现在不好好享受她的青春，那要等到什么时候？！"艾芳听得出母亲语调里的酸楚。

"好哇，现在去享受吧！"父亲大叫道，"你也不看看她这是什么样子！我们把她送到学校去就是要让她去生个私生子吗？"

艾芳一声不吭地走回房间，用力把房门摔上。她一头倒在床上——那个柔软的、安全的床，那个给她温暖和保护的床——然后大哭起来。"粗鲁野蛮的家伙！"她大叫道，"你这个粗鄙无礼的野蛮人！你什么都不知道，只会说那些卑鄙的话！"

母亲走进来，在床边坐下。她无助地轻抚着艾芳的背："孩子，他不是有意要说那些话的，真的不是。他只是很担心你，他甚至还给警察打电话，看看有没有发生什么意外。"

艾芳抽泣着，然后放声大哭。她不再掩饰了，就让父亲听到她的哭声好了！

"孩子，"母亲说，"孩子，孩子。"她不知道该说些什么才好。艾芳的哭声更大了。

"你要学着去理解他，"母亲说，"他的脾气就是这样。"

"每次都要我去理解他，都是我！那你去找你那个亲爱的费兹呀，去呀！既然你那么了解他！"

母亲不再开口了，她起身离开了房间。艾芳听到关门的声音。她的哭声渐渐转为间歇的啜泣，然后越来越平静。她把头埋在枕头里，滚烫的脸颊火辣辣的。哭泣，哭泣，不停地哭泣。父亲什么都不了解，他从来都不了解！

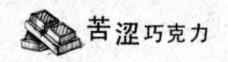

第十一章
父 亲

艾芳坐在教室里，看着窗外。她感到眼睛发烫，眼泪在眼眶中聚集，压迫着眼眶。她起身走向讲桌："我可以出去一下吗？我很不舒服。"

薇洛克老师点点头说："当然可以，艾芳。"

艾芳走出教室，感到浑身瘫软。她下了楼梯走进厕所，用手扶着眼镜，把身体压低弯向马桶，吐出了昨天夜里吃的奶酪、沙丁鱼、茴香酱、麦片粥和两杯水果酸乳酪。她昨夜满身大汗地醒来时，身上还穿着白天穿的那套衬衫和裙子，衣服黏糊糊地贴在她的皮肤上。她一直吐到只剩下一些黄色的苦汁,然后靠在墙上,把脸上的汗和眼泪擦干。

范西丝卡扶着她走到手盆旁,打开水龙头:"薇洛克老师叫我跟过来看看。"

艾芳把脸伸到水龙头下,让冷水冲洗她发烫的脸,然后漱口。她觉得好多了。"我一定是吃坏肚子了,"她说,"不过现在没事了。"

范西丝卡抽了一张纸巾,把它弄湿,然后弯下腰来:"你裙子上沾到了一些。"

她们一起坐在树下,喝着范西丝卡从自动售货机买来的纸杯装的热茶。

"你晚上可以多晚回家?"艾芳问。

"不一定,其实多晚都没关系。"

"我爸爸昨天打我耳光,因为我九点半才回家。"

"九点半不算晚哪。"

"我又没说我回家晚。"

"是这样,"范西丝卡说,"如果我很晚才能到家,我必须打电话。"然后她问:"你爸爸常打你吗?"

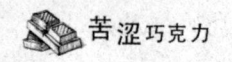

"没有,"艾芳说,"上次他打我是因为我说奶奶是巫婆。"

"她是吗?"

艾芳摇摇头:"不是,不过她有点儿笨。"

"我爸妈从来没打过我,"范西丝卡说,"小的时候也没打过。"

"我小时候常被打耳光,都是被我爸打的。我弟弟到现在还常被打耳光。"

"那你妈呢?"

艾芳苦笑了一下:"她陪我们一起难过。每次我们被打耳光以后,她就会偷偷地塞给我们一块巧克力。"

"你晚上经常出去吗?"

"不经常,昨天晚上是我第一次出去跳舞。你呢?"

"我也不常出去,我在这边不认识多少人。"

艾芳苦笑:"虽然我是在这儿出生的,我也不认识多少人。"她站起身来,拍拍裙子上的灰尘:"我看起来还好吧?"

"嗯,"范西丝卡回答道,"你把头发散开就好看多了,你真的有一头漂亮的头发。"

艾芳正在背拉丁文动词变化：affligere, affligo, afflixi, afflictum。这时，伯多打开了她的房门。"爸爸打电话来，"他说，"他要跟你说话。"

艾芳走到客厅，拿起电话。

"艾芳？"爸爸说。

"嗯。"

"我在街角的电话亭给你打电话，因为我想还是和你聊聊比较好。"

"嗯。"艾芳说。

"我昨天真的很担心，我怕你会出意外。"

艾芳没说话。厨房里传来了碗盘碰撞的声音。

"艾芳，"父亲说，"我昨天不该打你。"

艾芳把电话听筒紧紧贴在耳朵上。"我也应该事先给家里打个电话。"她回答道。

"对，你是该打个电话。"

"可是我没办法打。我昨天去舞厅跳舞了，这是我第一次去。"

"好玩儿吗？"

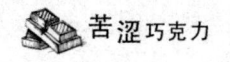

"嗯,很棒。"

"我得回办公室了。"父亲说,"下次你如果晚回来要记着打电话。就这样了,待会儿见。"

"待会儿见,爸爸。"

艾芳走进厨房:"妈妈,要不要我帮你买什么东西?"母亲惊讶的表情让她忍不住偷笑。

她提着沉重的购物篮走回家时,脸上仍然挂着微笑。她觉得全身轻飘飘的,要不是提着重重的马铃薯、苹果和面粉,她可能早就飞离地面了。"其实我爸爸也没那么差劲,他还特地跑到电话亭去打电话,这可不是每个爸爸都能做到的事!"

她决定今天晚上向他提起星期六舞会的事,这场舞会她绝对要去。也许他今天心情特别好,她就可以如愿以偿了。

艾芳紧张得吃不下晚餐。父亲回家时心情很好,在家里例行巡视时也没有批评半句,但是很难保证过一会儿他的心情不会变差。

"星期六晚上在青年活动中心有个舞会,一直到十点,"艾芳说,"舞会结束后我再坐车回家,可能得十一点到家。"

"我不许你自己一个人这么晚回家!"父亲说。

"费兹,她已经快十六岁了。"

"我已经不是小孩子了。"艾芳说。

"我知道。这句话最近我已经听过很多遍了,可是我就是不让我的女儿自己一个人这么晚回家。我去接你。"

"天哪,爸爸!别人看到了会怎么说?好像我是去参加生日聚会的小女孩一样!"

"别再说了,如果你不让我接你,那你就待在家里,没有别的选择。你们都没看报纸吗?每天都有谋杀,还有抢劫!"

艾芳气得快哭了。

"费兹,"母亲说,"孩子也需要他们的自由,报纸上也是这么写的,杂志上也有这样的文章。写这些文章的人也都是教育专家呀!"

"你倒是谁都相信。"父亲愤怒地说,"我自己管教孩子不用别人来啰唆,我知道什么对她最好。"

"可是艾芳又规矩又懂事,她从来没做过什么糊涂事呀!"

"所以她现在最好还这么懂事。"父亲走进客厅,随后传来新闻播报员的声音。

"晚安。"伯多说。他整个晚上都坐在那儿,没说半句话。

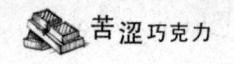

母亲开始收拾碗盘:"每天都要这样吵上一架。"

艾芳离开厨房,把门砰的一声关上了。

她坐在房间里,气愤地在一张纸上画出了又粗又长的黑线。母亲拿着托盘走了进来:"我帮你弄了一点儿吃的,你总不能饿着肚子上床睡觉吧。"

托盘上有面包、奶油,还有一罐打开的鲑鱼——粉嫩的、油亮的鲑鱼。

"这不是人造鲑鱼,是真的鲑鱼。"母亲说,"其实我是买给你爸爸,给他过生日的,不过我现在让你吃。"母亲把手放进围裙口袋中:"这里还有一块巧克力。"

她把托盘放在艾芳的床头柜上。"让他去接你嘛,"她说,"也没那么糟。"

艾芳摇摇头:"不要。"

"天哪,"母亲说,"你这牛脾气和他一模一样!"她把手放在门把手上:"我要走了,不然他又要生气了。"

艾芳把录音带放入录音机,是西蒙和加芬克尔的歌,*Bridge over Troubled Water*——《忧愁河上的桥》。她把棉被卷起来垫在身后,把托盘放在床上,开始往面包上涂奶油。

真鲑鱼配面包吃太可惜了,她想,太可惜了,我要等到最后再吃。

她在面包上涂了一层厚厚的奶油,从冰箱里拿出来的冰凉的奶油配上松软的面包,实在美味极了。她先把一圈面包皮吃掉,再吃中间软的部分。她用牙齿把奶油刮进嘴里,直到面包上只剩下一小块圆圆的奶油。她凝视着这片有着齿印的奶油,过了好一会儿,才把它放入口中。When evening falls so hard, I will comfort you. I'll take your part.(当夜色骤然降临,漫长难挨,我愿在你身旁安慰你,我愿在你身旁保护你。)伴随着男歌手温柔而抚慰的歌声,艾芳嚼着面包。等我十八岁的时候,她想,我就要搬出去住,还有两年零三个月。就算我只能靠面包开水过日子,也要搬出去。她开始涂第二片面包。到时我会租一个房间,当然,只是一个小房间。然后,我会去当家教赚钱来付房租,一个小时起码可以赚二十马克。我的数学和英语还不错,教低年级的学生法语也不成问题。当然,我没办法赚很多钱,但是至少不会有人再约束我。她往嘴里塞进一块鲑鱼。自由,一个听起来狂野而美丽的词语,如同冒险或是天宽地阔。鲑鱼如此细嫩,入口即化。这可是真的鲑鱼呀,你吃不到活该,她想。她把第二块鲑

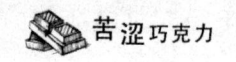

鱼慢慢地放进嘴里,你吃不到活该,现在鲑鱼要被我吃光了。艾芳又想到了范西丝卡,她晚上想多晚回家就可以多晚回家……

在吃最后一块鲑鱼之前,艾芳把录音带翻了个面。十点了,她父母的就寝时间到了。她听到浴室里水龙头的流水声,然后习惯性地把音乐声关小了一点儿。"晚安,"母亲在门外说,"晚安,艾芳。"

艾芳没有回答。自由,再过两年三个月零五天……

她拿出一个空白的计算本,在第一页最上方写上"七月一日星期二",然后在下一行写上"七月二日星期三",再写上"七月三日星期四",照这样继续写下去,一直写到第五页结束——"九月八日"。明天或后天她会继续写,然后每天把当天的日期画掉,就像倒数圣诞节的月历一样,她喜欢这个点子。她开始在数字旁边画起小图来,在"七月一日"旁她画上了一头公牛,一头翘着尾巴的黑公牛,鼻孔还喷着气。她还在公牛的身体下方画了一个下垂的生殖器,就像她有一次去拜访依卡阿姨的农场时看到的一样。但是她很快又拿起橡皮把它擦掉了。

明天她会去史密霍伯那里,史密霍伯会帮她裁制一件新衣服,好让她在星期六穿。"夏天的衣服可以很快做好。"母亲说,

"我们吃完饭后一起去商场选布料吧。"艾芳在"七月二日"旁边画了一件衣服。后天她会和米契见面,他们约好三点在喷水池旁边见。她画了一颗心,用签字笔把它涂成红色,心的周围写上小小的拉丁文:Amote,ama me!(我爱你,爱我吧!)她的拉丁文老师告诉他们,考古学家在一个挖掘出土的戒指上发现了这些文字。在"星期六"的旁边,她也画了一颗红心。舞会她绝对要去,就算离家出走也要去。她合上本子,把它收进书包。

她躺在床上,再度想着两年三个月零五天。"自由!"她念出这两个字,然后让一块巧克力在口中慢慢融化。

自由!自由!

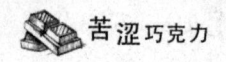

第十二章
新衣服

艾芳选了一块米黄色直条纹的布料。"你不能穿太抢眼的颜色,"母亲说,"要选沉稳一些的色调。你看那边那块暗红色的,花纹挺有现代感的。"

"不好,"艾芳倔强地说,"还是这块好。"

"好吧,随你。不过这块很贵。"

然而她还是买了。"我想你挑得对,直条纹会让你看起来比较瘦。"母亲说。

到了史密霍伯那儿以后,她们围坐在客厅的大桌旁,翻阅着时装杂志,桌上摆着自制的饼干和柠檬汽水。母亲和史密霍伯兴高采烈地谈着,仿佛是她们自己要去舞会跳舞一样。

"天哪,瑞娜,你记不记得我们以前穿的那种连衣裙?直筒的,像个布袋子一样!"

"那时候也没多少款式,"史密霍伯说,"大家没那么多钱可以做衣服。"

"可是当时还觉得挺好看的。"

"这个,"艾芳说,她指着一件样式简单的圆领短袖夏装,"我想做一件这样的,你可以帮我做吗?"

"当然可以,小芳。要不要看看别的样式?"史密霍伯说。

"不用了,我就喜欢这一件。"

艾芳帮史密霍伯把桌子清理干净,史密霍伯把纸样和一团乱糟糟的布尺放在桌上,再放上一张透明的纸。

"你这样就可以开始工作啦?"艾芳问道。

史密霍伯笑着说:"我是经过训练的呀!"

她在布上画出裁缝线之前,比较了一下艾芳的身材和纸样的尺寸,然后在大腿的部位加宽了几公分。艾芳很庆幸她这次没说"你又变胖了"这句话。

苦涩巧克力

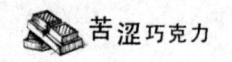

"如果我能再年轻一次,"母亲说,"我会选择过完全不同的生活。"

"什么样的生活?"艾芳问。

"我也不确定,"母亲回答道,"不一样的就是了。我不会那么早结婚。"

"可是你现在过得也很不错。"史密霍伯打断了母亲的话,她现在开始裁布了,"你先生又勤劳又顾家,也不多看别的女人一眼。你还有两个那么好的孩子。"

艾芳紧紧地咬着牙。

"是呀,人应该懂得知足感恩。"母亲说,"你说的是没错,可是……日子一天一天地过去了,一转眼就是一年。"她用手抹了抹眼睛。

自由,艾芳想。自由,自由,自由!她又往嘴里塞了一块饼干。饼干十分可口。

"小芳啊,如果你愿意听我的,那我劝你学个真本事,以后别靠男人。我的意思是说,别靠他的钱生活。"

艾芳笑了。"我会这样做的,瑞娜阿姨。"她说。母亲惊讶地看了她一眼,艾芳咧开嘴笑了。母亲也笑了一下,有点儿悲伤:

"瑞娜阿姨说的很有道理,艾芳。"

等前身和背后的布料用大头针固定好后,艾芳就可以试穿了。她很快地脱下了衬衫和裙子,又很快地套上新衣服。她换衣服时背对着在一旁的两个女人。

然后史密霍伯开始在艾芳身体四周一处处地固定布料,她用牙齿咬着大头针,衬衫上别着一根穿了线的缝衣针。

"手臂举高,小芳。"

"对,就是这样。"

"转一下身。"

"你看,玛丽安娜,我在背部又添了两条缝线。这样从侧面看的话,她就会显得瘦一点儿。"

她把大头针放回盒子里。"好了,"她说,"现在你可以照镜子了。"

走道上有一个镶着金边的大镜子,镜子的两侧各雕着一个没穿衣服、只用布围着肚子的小天使雕像,天使的背上还有一对金色的小翅膀。这个镜子是史密霍伯的奶奶留下来的。"你还是个小婴儿的时候看起来就是这个样子,"史密霍伯总是这么说,"和左边那个简直一模一样!"

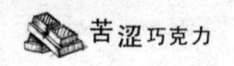

艾芳每次来这里，总是会盯着这个小天使看，试图在他圆鼓鼓的笑脸上看到自己小时候的模样。那圆圆的肚皮和胖嘟嘟的腿她是肯定有的，虽然从她小时候的照片来看她并不是特别胖。当然，她也不瘦。无论如何，这个小天使非常可爱，艾芳很高兴自己小的时候长得像他。

我以前就像这个样子，她想，但是我什么时候开始变了呢？

她在镜子前微微转动身体。她很喜欢这件新衣，让她看起来不会显得太胖。她穿裙装总是比较好看。她把马尾辫松开，甩甩头，让头发自然地披在肩上。史密霍伯站在她身后，伸出圆润的手臂抱着她。

"你看起来真漂亮，艾芳，你就应该这样把头发散开。"

"在家里我不敢。你也知道，我爸爸……"

史密霍伯笑了起来。"像狮子的鬃毛一样漂亮，艾芳。"她轻轻地拨弄着艾芳的头发，"不要什么事都委曲求全，不要总是委曲求全。"

"明天晚上你决定怎么办？"星期五晚上吃晚餐时，父亲这样问道。

艾芳低着头，用汤匙从扁豆汤里挑出一小块熏肉。"你可以来接我。"她说。

"很好。"父亲十分满意,"我几点去接你?"

"十点结束。不过米契说通常都会再延长一会儿,你可以十点半来吗?"

"我会准时到的。"他这天晚上真的特别友善。

真有技巧,艾芳想,让别人顺从他的心意。

米契觉得她父亲来接她回家不是什么糟糕的事。"我不懂你为什么不愿意。"他这样说,"如果我晚上不用自己坐电车回家,我会很高兴的。"

"活动中心到底在哪里?"父亲问。

"史道芬街,"艾芳回答道,"史道芬街三十四号。"

父亲抬头盯着她看,艾芳早就有了心理准备。她不动声色地继续挑着汤里的熏肉,半块都没有了。"我可以加一点儿醋吗?"伯多递给她一瓶醋。"你要去哪里呀?"伯多问。

"等你听明白,都已经是世界末日了!我明天晚上要去参加舞会,在活动中心。"

"哦。"伯多没兴趣,继续埋头喝汤。父亲把汤匙放在碗里,一阵铿锵作响:"你知道她是去那个地方吗,玛丽安娜?"

苦涩巧克力

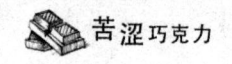

艾芳发现他把"那"这个字拖得特别长,听他的语气,好像那个地方是地狱一样,艾芳早就料到他会如此反应。母亲看了她一眼,投给她一种学校女生秘密同谋的眼神,一种艾芳无法忍受的眼神。她开始紧张起来。

"我知道,"母亲说,"我当然知道。"

艾芳生气了:"她不知道。"

"为什么你们不在户外活动?"母亲马上接着说,然后收拾起碗盘,"我等一下就拿甜点出来。"

父亲不说话了。他生气了,艾芳想。他现在很想禁止我去,可是他不敢这么做。

巧克力布丁是深咖啡色的,上面摆着切了一半的罐头水蜜桃,被糖水浸泡后的黄色水蜜桃几乎变成了橘红色,再上面是漂亮的鲜奶油,奶油上还撒着巧克力碎片。"人不只是用嘴巴来吃,眼睛也会跟着吃。"

艾芳把一匙鲜奶油放入口中,让它在嘴里融化。那件新衣服也做好了,史密霍伯今天把衣服送了过来。"祝你玩得愉快,艾芳。"她说,"别忘了,不要什么事都委曲求全。"

艾芳想着那件新衣,直条纹的确让她看起来比较瘦,这件衣服又合身又好看。她把装着甜点的玻璃盘推开。

"我吃饱了。"她只吃了一小口鲜奶油。父亲把盘子拿过去,放在伯多面前。看来只要事情不搞僵就好。

艾芳躺在浴缸里,把泡沫团在一起。小小的、白白的泡沫丝毫没有重量,它们在她的皮肤上搔着痒。她躺进浴缸时,可以听见泡沫嘶嘶作响。那声音在今天听起来出人意料的响亮,很难相信这些轻飘飘的泡沫会发出这样的声音。艾芳很喜欢泡沫浴,尤其是杉木针叶泡沫浴,这香味让人想起松树和假期。她陶醉地闭上双眼。卡洛拉告诉过她,在法国南部人们可以在街道旁随手摘到薰衣草。"今年我们没办法去度假,"父亲这么说,"不过明年我们可以去法国,后年再去希腊。"

艾芳想:过两年我就再也不跟家人去度假了。

她用手滑过泡沫堆,轻抚着泡沫,直到手掌下的泡沫渐渐消失。她喜欢泡在热水里,也喜欢让泡沫完全掩盖住她的身体。两年前在意大利度假时,她曾经把身体埋在温热的沙子里。伯多用铲子在她身上覆盖了一层又厚又重的沙子,直到她只露出一个头来。但是伯多没有就此停止,他继续往她身上堆沙子,艾

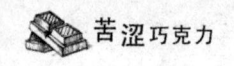

芳觉得自己快要窒息了,快要在这艳阳下被活埋,在人群中孤独无助地被活埋了。接着伯多把沙子往她脸上抛,而站在一旁的父亲大笑了起来,他的双腿在肥胖的身躯底下显得特别瘦长。艾芳突然哭了出来,慌张地用手把身上的沙子拨掉,用沾满沙子的手指去擦眼睛,结果却让泪眼里进了更多沙子。而此时,父亲站在一旁,仍然大笑着。艾芳十分愤怒,她恨父亲,也恨伯多。她冲向弟弟,把他压倒在地上,把他的脸压进沙子里许久,直到他狂乱地摆动着四肢。而此时的父亲仍旧站在一旁大笑,交叉着他那双瘦长的腿,站在一旁大笑。

浴缸里的泡沫变少了,浅绿色的水面上只漂浮着几个泡沫组成的"小岛"。艾芳看见了自己的肚子和胸部,她用手在水里拨动着,身体的轮廓变得模糊起来。

父亲在敲门:"洗快一点儿,艾芳,我也要洗。"

艾芳擦干身体,穿上睡衣,回到房间,拿起搁在床上的新衣服,小心地把它挂到衣架上。

她又想到了米契。她把湿湿的刘海儿拨开。明天三点她会和米契在喷水池旁见面。艾芳把新衣服挂在衣柜里,然后躺在床上。这依旧是个闷热的夜晚。

第十三章
舞　会

"终于到了,艾芳。"米契拉着艾芳往前走。在一栋简陋但十分明亮的建筑物里,许多男孩女孩正在跑来跑去。

"嘿,米契,那是你的女朋友吗?"一个穿着黑丝绒背心的男孩问道。米契点点头。

"那边那个男孩是史蒂芬,我哥哥的朋友。"他对艾芳说,"现在我们去另外一边,我给你介绍一个人。"

他们走进一个挂满装饰纸带的大房间,一个小型舞台上有三个男人正在组装音响,从那里不时地传来尖锐刺耳的蜂鸣

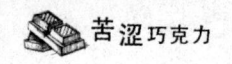

声。米契捂住耳朵,大叫:"彼得,你来一下。"

其中一个瘦高的男人让音响再次发出了一阵刺耳的噪声,艾芳吓得把头缩起来。瘦高男人转过身,对其他两个男人说:"这样可以了,小子,你们可以开始整理录音带了。"然后他从舞台上一跃而下。"你好,米契。"他先和米契握手,然后和艾芳握手,"你就是艾芳吧?"

她腼腆地点了点头。这个男人很年轻,有个鹰钩鼻子,前额也有点儿秃,不过艾芳对他的印象很好。

"我叫皮特斯·加帝尼,不过在这里大家都叫我彼得。"他露出微笑,唇上的髭须往外挓挲着,"我这个彼得天使守卫的地方算不上是个天堂,很高兴你能赏光来这里。"

艾芳看着米契的侧脸,他嘴巴微张,正看着彼得。真像个渴望得到赞美的小孩儿,艾芳想。

彼得把他的大手搁在米契肩上:"真好,你带了你的女朋友来。我们的舞会马上就要开始了,你们可以先去花园帮忙布置一下。"

"没问题,彼得,我们现在就去。"米契说着,领着艾芳走进一个摞着许多桌椅的房间。他们沿着桌椅间狭窄的过道走出去，走进了阳光下的花园里。只见长桌上摆着纸盘和纸杯，几个女孩子正拿树枝装饰着桌子。"你看，依洛娜，你哥哥带了一个女孩子来呢！"

艾芳把手放在额头前，刺眼的阳光让她看不清女孩们的脸。

一个女孩向她走了过来。她比艾芳年纪小，长相平庸，有点儿苍白，而且很胖。艾芳有点儿尴尬，也有点儿想笑：这个女孩身上穿的那件衣服的布料，就是母亲原本要给她买的那块。母亲是怎么说的？"要选沉稳一些的色调。"这个女孩看起来一点儿都不沉稳呢。

"这是谁？"女孩疑惑地看着米契问道。

米契搂着艾芳的肩膀。"她是艾芳，"他说，"我的女朋友。"然后他又对艾芳说："这是我妹妹依洛娜。"艾芳伸出手，正准备说"你好"或是其他问候的话时，女孩已经转身离去了。艾芳把手缩回来，她觉得很难堪。

"依洛娜总是这样古怪，"米契说，"不过她没什么恶意。如果你多了解她一点儿，你就知道了。"

艾芳看着那女孩，心想，依洛娜这个名字并不适合她，这个

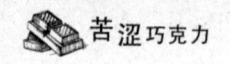

名字让人联想起露营的篝火和吉卜赛人的音乐。

艾芳帮着米契摆好板凳和柠檬汽水。米契笑着说："啤酒要在屋子里面的吧台买。"

"你已经开始喝啤酒啦？"

米契大笑："你以为我还是个小婴儿呀？"

"不是啦,可是法律有规定……"艾芳有点儿困惑。

"啊，那个呀，"米契满不在乎地回答,"我昨天刚满十六岁。"

"真的？那你怎么没告诉我？"

"我想,反正我们今天会庆祝的。"

"我应该送你礼物的。"

"等我要去汉堡的时候再送吧。"

屋子里传出响亮的音乐声。"舞会开始了,"米契说,"快来吧！"

在那间挂满饰物的房间里,已经有许多人开始跳舞了。"隔壁房间有别的活动,是给小孩子和不想跳舞的人预备的。"米契解释着,"你想去那边吗？"

"我要跳舞！"

艾芳慢慢地熟悉着舞曲,渐渐地进入了状态。她和米契牵着手跳,直到她踩准了音乐的节拍。然后一切就变得容易、变得美妙了。我做得到,她想,我总是可以做到。她感到愉悦而骄傲。

自由……

她随着欢快的节奏舞动着,一张张脸在她眼前晃动,其中有一张是米契的。她一直跳到快喘不过气来时,才跟着米契走向吧台。

"啤酒。"米契给自己点了饮料,"你也要啤酒吗,艾芳?"

她摇摇头:"可乐。"她不假思索地点了可乐,其实她比较想喝矿泉水。

"别开玩笑了,米契。"柜台后面一个留着胡子的年轻男子说,"你知道我不能卖给你啤酒。"

"我昨天刚满十六岁。"

"真的?"

"我说了就算数。"

之后,大伙儿在花园里吃了香肠。现在舞厅里挤满了人,音乐声变得更大了,灯光也变暗了,有人把天花板上的大灯关了。

艾芳尽情地舞着,甚至当米契必须去喝点东西时,她还留

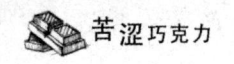

在原地继续跳。她一个人忘情地舞着,米契离开她也没看见。这时,一个男孩走到她身边,他留着长发,穿着磨得发亮的紧身牛仔裤和花衬衫。他是一个长得很帅但看起来很傲慢的家伙。

"你跳得真棒!"他说,然后一把抓住她,让她往自己身上靠。

"不要!"艾芳说,她现在才发现周围一对一对的全都紧紧相拥着跳舞,"不要,我不喜欢这样。"

"你不喜欢我吗?"这个男孩挑衅地问。

艾芳抛下他,转身走向吧台。一群男孩和女孩站在那儿,手里拿着啤酒瓶。

"大家借光,米契的老婆要过来了!"一个红头发的男孩叫着,其他人哄笑了起来,艾芳的脸马上红了。

"米契,你老婆要来找你了!"那个红头发的男孩又说。

艾芳恨不得自己马上消失。在好奇的目光的注视下,她觉得自己臃肿、笨拙,而且动弹不得,幸好米契走了过来,牵起了她的手。

"闭嘴,派特!"他对那个红头发的男孩说,"闭嘴,别惹我女朋友!"

"怎么了？"那个红头发的男孩说，"你什么时候变得这么敏感啦？你现在觉得自己很了不起是不是？她也没好到哪里去嘛，这种女朋友随便交也能有两三个。"

他一定是在他们面前把我吹嘘了一番，艾芳想。她跟着米契来到了花园。他一定对他们所有人说我是读文科中学的，可是他忘了跟他们说我有多胖。

外面并不比屋里凉快。"晚一点儿会有雷阵雨。"艾芳说。

"是吗？"

"你后悔带我来这里吗？"

"没这回事，"米契不开心地回答，"派特是个笨蛋！别听那个笨蛋胡说八道。我们进去吧。"

那个穿着紧身牛仔裤和花衬衫的男孩靠着门站着："我说，我弟弟和他那个小女朋友躲到哪儿去啦？去偷偷牵手啦？搞不好你们还不敢呢！"

"别惹我，法兰克。"米契说，然后侧过身挤进门去。艾芳进门时，法兰克伸出手来摸了一下她的手臂。艾芳赶紧走开了。

"你哥哥不太友善。"她对米契说。他摇摇头："我们两个老是吵架，他就是那副德性。"

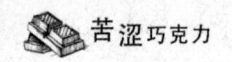

艾芳看着那些正在跳舞的人，看着那些女孩子，看着她们的大腿、细腰和紧身裤，她再一次觉得自己和四周的一切都是格格不入的。

屋子里回响起令人伤感的流行情歌。米契用手臂环住她的腰，她试着不去看旁边，不去管周围的人，只去感受米契的手放在她腰上的感觉，只去感受米契靠近她身体的感觉。

有人拍了拍她的肩膀。"你会不会跳华尔兹？"是彼得问她。

"会。"

"抱歉！"彼得对米契说，然后开始和艾芳跳舞。角落里有一对男女动也不动地抱着站在那儿，艾芳连忙把头转开，她突然觉得相当疲倦。接下来是史蒂芬和她跳，然后是那个穿黑背心的男孩，然后是米契。她让自己被人带着转哪转，直到眼前一片模糊，整栋屋子旋转了起来。

"我要休息一下。"

她和米契坐在花园前的台阶上，花园里一个人都没有。长桌上摆满了沾着芥末酱的纸盘、空汽水瓶和没吃完的面包。

艾芳挨近米契，紧紧地靠着他。

"我满身大汗，"她说，"浑身都是汗臭味。"

"哪有？你没有汗臭味。"米契把手放在她的膝盖上。

"你要不要跟我去散步？"

他的声音小到让艾芳几乎听不见，他把头搁在她的肩膀上。艾芳抬起头，看见满天星斗。他的手，她想，要是有人看到了怎么办？

"你们两个小朋友在那儿做什么？"法兰克突然出现了。

艾芳吓得缩起身来，她觉得满天的星斗全都消失了。米契把手抽了回来。

"滚开，法兰克！"

"你对我说什么？你疯啦？要玩儿就跟你的洋娃娃到别的地方去玩儿！"

"你给我放尊重一点儿！"米契跳了起来，愤怒地瞪着他哥哥。法兰克叉开腿站在那儿，大拇指钩在牛仔裤的环扣上。

艾芳不敢正视米契的眼睛，她走进花园，让自己躲在黑暗里。一个穿着皮夹克的男孩走出门来。"干吗，法兰克，又在表演什么呀？"他说。

法兰克看都没看他一眼。"你跟这肥妞要干什么呀？"他问米契，"你知道应该怎么做吗？"

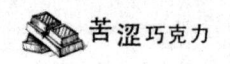

"你这混蛋!"

"嘴巴放干净一点儿,小子,不然我就要你好看了!"

"试试看吧!有种你就试试看哪!"米契大声喊着。法兰克直视着米契,向他走来:"你想向你那团肥球证明你有多厉害,是不是?"

米契冲向他,狂野地挥出一拳。艾芳目瞪口呆地站着,她张开嘴巴,却叫不出声来。这时有几个男孩和女孩出现在门口,围观这场打斗。

"天哪,法兰克,别闹了!"有人喊着。

"加油,米契,给他点儿颜色瞧瞧!"另一个人说。

突然,法兰克手里亮出了一把刀。

"不要!"艾芳叫着,"不要!不要!"她不知道自己是否喊出了声来,她已经吓呆了。她想要扑向这两个打斗的人,可是她的腿不听使唤。站在门口的那些人脸都吓白了,苍白的脸庞上映着凹陷的、像黑洞似的眼睛。有人丢给米契一把椅子,就是之前喊加油的那个男孩。

米契抓起椅子的两条腿,把它举高,往前跑了两步,正对着法兰克的头打了下去。艾芳紧紧地闭上双眼。等她再度睁开眼睛时,只见法兰克躺在地上,头部的伤口淌着血,一束沾了血渍的长发暗红又丑陋。米契站在原地,手中仍抓着椅子,看着他的哥哥。"不,"米契不停地重复着,"不,不,不是这样的!"

一个戴着银色十字架项链的男孩把米契手中的椅子拿了过来,把他带进屋里。其他围观的人都沉默地腾出位置让他们走过。然后依洛娜跑了过来,她坐在法兰克旁边,把他的头捧在大腿上,轻轻地摇着,像摇着布娃娃一样,眼泪顺着她的脸颊流了下来。她的裙子被推高了,大腿露了出来,在屋里透出的灯光下显得白皙而臃肿。

"依洛娜,不要!先不要动他。"彼得弯下腰,稳住法兰克的头。依洛娜瞪大了双眼看着他,然后有人过来把她带走了。"莱纳,叫救护车!"彼得喊道。

一个男孩走进屋里,没有人说半句话。救护车闪着蓝灯、嘀嘟作响地到达以后,大伙儿还是沉默着没有一句话。

"对,他叫法兰克。"

"没有,我们什么都没看到。我们都在里面跳舞。"

"他一定是跌倒摔伤了。"

"对,一定是这样。"

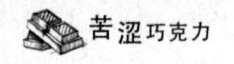

米契站在人群中,瞪大了双眼,看着法兰克被抬上担架,并且被推进救护车。

"要是你没来的话……"依洛娜对艾芳说。

大家开始帮忙打扫现场。彼得先送米契和依洛娜回家,然后很快又回到活动中心来。

"舞会结束。"他宣布。

没人回答他。

艾芳正收拾着丢得到处都是的纸杯,这时,父亲来了。

"看来你们玩儿得不怎么开心嘛。"他说。

艾芳哭了起来。"有人对你做了什么吗?"父亲问道。他看起来又高大又强壮,而且充满了关切之情。艾芳靠在父亲身上,父亲搂住她。"有人对你做了什么吗?"他又问一次。艾芳摇摇头,把脸上的泪拭去。没有,没有人对她做了什么。没事,什么事都没发生。艾芳把脸埋在父亲的袖子里,父亲身上的味道是那么熟悉,令她感到宽慰。没什么,没事。

"发生了一点儿意外。"彼得向她的父亲解释,"有个男孩摔伤了。"

艾芳把头埋在枕头里哭,她的脸发烫发涨。"你想向你那团肥球证明你有多厉害,是不是?"然后法兰克倒在地上,依洛娜轻摇着他的头。她说:"要是你没来的话……"

艾芳感觉到自己的胃揪成了一团。我这团肥球,她想,都是因为我才发生了这种事,都是我的错。但是米契呢,为什么他当时不避开?法兰克手里可是有一把闪闪发亮的刀子呀!

艾芳脸颊上的肌肉在微微颤抖,下腭不住地往前伸。她飞快地跑进浴室,弯着身子在手盆上吐起来。她把胃里的东西全都吐了出来,直到胃开始抽搐。她打开水龙头,冲洗她的脸和手,把吐出来的秽物冲掉,冲到只剩下一点儿秽物残留的酸臭味。

她感觉到身体里有一个大洞。她被掏空了,被彻底地掏空了,被痛苦地掏空了。胃空了,所以才这么痛。一个令人快慰的念头闪过,她知道该如何结束她的痛苦。

她吃着一块有点儿干的白面包,慢慢地咬,慢慢地嚼,安慰着她那受苦的胃。干面包让她的喉咙直发痒,于是她把牛奶加热,配着涂了奶油的面包一起吃。接着又吃了第二片。然后她从冰箱里拿出火腿和乳酪,乳酪还有两大块。渐渐地,她的胃不痛了,变得柔软、舒适而且饱满。然后,她慢慢踱回自己的床上。

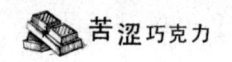

她的这团肥肉,这团令人作呕的、松垮抖动的肥肉,这团把她和外界隔开的肥肉!这就是最主要的问题,是衍生出其他麻烦的首要问题。都是这团肥肉的错,肥肉就代表着悲哀、离群、被拒绝。肥肉就是嘲讽、畏惧和羞耻的同义词!

　　她把自己藏在这团肥肉里,她,那个真正的艾芳,那个原来的艾芳。那个艾芳是这个样子的:她没有被肥肉缠绕,轻松活泼,值得被爱。

　　她被困在这团肥肉里,她,那个真正的艾芳。那个艾芳不会一直想着食物,不会一直想要填饱肚子。那个艾芳不会偷偷地抓起任何能吃的东西,然后不知羞耻地像个机器、像个挖土机一样把所有的东西,无论是什么——都通通塞进肚子里。

　　被塞进这个躯壳的另一个艾芳,不懂得饥渴为何物,不了解那些无止境的大口嚼食、狼吞虎咽,更不会生吞活剥、反胃呕吐。

　　有一天,终究会有那么一天,这团肥肉会在阳光下融化,形成一条充满油脂的河,那些令人作呕的、发臭的、油腻的液体,会沿着人行道旁的下水沟流走。剩下来的,就会是她——另一个艾芳,那个轻盈的、活泼的、真正的艾芳,那个快乐的艾芳。

第十四章
痛苦的减肥

　　星期一下午三点,艾芳坐在喷水池旁。她的头发利落地梳到脑后,绑成了一束马尾。

　　米契没有来。

　　奇怪,天气怎么这么好,她想,应该要下雨才对,应该是灰蒙蒙的才对。树木应该在狂风里摇曳,鸟儿应该停止歌唱。

　　她把凉鞋脱下来,赤脚走在碎石路上。碎石子儿把她柔软的脚底扎得很痛。痛得好,她想。她踏着重重的步伐走着,让她的脚底更加疼痛,痛到她咬紧牙关。"好痛。"她小声地对自己

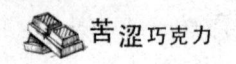

说,然后有节奏地边走边念,"我——脚——好——痛——就是——要——这么——痛——就是——该——这么——痛——活——该——这么——痛。"

她穿过公园,走到另一头的咖啡店,然后再走回来,她的腿像灌了铅一样重。米契不在那儿。

她穿上凉鞋,往火车站的方向走去。到了书店门口,她站着犹豫了好一会儿,花费了好一番工夫才说服自己走进店里。

"你好,需要我帮忙吗?"一个纤瘦的年轻女店员问她。

"不用,谢谢。"艾芳说,"我只是逛逛。"

然后,她走到有关减肥瘦身的书籍面前。

她随手拿了一本书,开始翻阅起来:面包的卡路里含量,酸乳酪的卡路里含量,一百五十克牛排的卡路里含量……

艾芳转过身来,她觉得有人在看她。但是除了那个纤瘦的店员外,并没有其他人。"需要我帮忙吗?"店员再次问道。

艾芳摇摇头,把书放回书架,然后随手挑了另一本减肥食谱:"我要买这本。"

回到家后,她坐在书桌前,拿起书开始阅读。到了晚上,她就已经把卡路里表记得滚瓜烂熟了,像是在背单词表一样。我

Bitterschokolade

这么胖,全是我自己的错,全是因为我不懂得好好克制自己。法兰克现在躺在哪家医院?一天只能摄取一千卡路里,多一点儿都不行。为什么米契没来?他和法兰克在一起吗?

"艾芳,吃饭了!"母亲喊道。两片奶油吐司,再加上熏鱼片,就已经是五百卡路里了,而且奶油还不能涂得太厚。

"我不饿,"艾芳说,"我今天晚上不想吃饭。"

"为什么?"母亲问,"你生病了?"

妈妈,我可以信任你吗?你会帮我保守秘密吗?

不,最好还是不说,艾芳畏惧那些令人尴尬的评论。"别担心,有的男人就是喜欢手里抓得到肉的感觉。"

"我没生病,"她对母亲说,"我只是不饿。"

日子在痛苦中缓慢地流逝。早晨,艾芳照旧起床,穿衣服。早餐时母亲投来了愤怒的眼神,因为艾芳只喝不加糖的咖啡。为了平息母亲的愤怒,艾芳装了三份厚厚的奶油面包,准备带到学校。但是随后她会把这些面包丢在街角的垃圾桶里,她在节食。

范西丝卡问她:"你是不是哪里不舒服?"

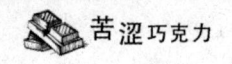

"没有。"艾芳回答。她的胃咕噜作响,引发了一阵干呕。但是她告诉范西丝卡,她只是胃有点儿发炎。范西丝卡把手搭在她的手臂上安慰她,那手温暖而柔软,手心是干燥的,不像艾芳,虽然全身发冷,手心却是潮湿的。在这炎热的天气里,艾芳感到阵阵寒冷。

当她几乎被饥饿击倒时,当她的胃在课堂上抽搐时,她只需要把身体往后靠,拿范西丝卡的大腿和她自己的作比较,她马上就能挺住了。范西丝卡有着细长的腿,瘦小的膝盖,总是穿着长裤,而她自己的膝盖却胖得像个馒头。她坐下时,裙子会往上移,露出膝盖上半部的肉团,臃肿的肉团。

肉团,肉团。多丑陋的字眼,多令人作呕的字眼!

上午很难熬,下午更难熬。午餐时,她告诉母亲自己在回家的路上吃了那三份面包,所以还不饿。

然后她到公园里去等米契。她知道他不会来,但还是希望他能来。

他有什么理由要来?这一切都是她的错。或者,并不是她,不是"那个艾芳"的错,而是这一团该死的肥肉的错。

四点时她走回家,回到自己的房间,愤怒而痛苦地背着单词。背这些单词只是为了让她意识到自己根本就背不下来。

还没吃晚餐,她就准备上床睡觉了。"我有点儿不舒服,妈妈,真的。别管我,拜托,让我睡会儿吧。"

没过多久,母亲忧心忡忡地拿着面包走了进来,说道:"孩子,你到底怎么了?"艾芳把那些面包偷偷包在塑料袋里,放进书包藏好,明天她会把这些面包和早餐时准备的面包一起丢进垃圾桶里。她躺在床上哭泣着。

为什么米契没来?

艾芳承受着痛苦,无法忍受的痛苦——她的肚子从来就没有这么痛过,她的肠胃翻搅着,像刀割一样痛。

她试着看书,可是书上的文字在她眼前浮动游移,黑色的斑点在白色的书页上舞动。她的脑袋里只有食物,她只有一个愿望——解除饥饿感,平息胃部的哀鸣。饥饿太让人痛苦了。

我不能吃,她想,我不能吃。

这四天来她瘦了四磅,四磅!当然,这和还留在她身上的二十磅肥肉相比根本算不了什么,但是她终究是瘦了一点儿!

她把书推开,拿起食物热量表。

一片面包 40 克,100 卡路里

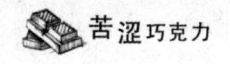

奶油 5 克,38 卡路里

火腿 100 克,410 卡路里

意大利白乳酪 100 克,410 卡路里

一块巧克力 100 克,536 卡路里

艾芳打着冷战,虽然外面其实艳阳高照。她全身毛孔收缩,脑袋轰轰作响。她走进厨房,身不由己地被饥饿驱使着,再也没有丝毫的防御力来抵抗饥饿。她抓起一大块圆面包,用肚子抵住,再拿起一把有锯齿的刀子,切下一片厚厚的面包。她把面包放在一小块木头砧板上,然后涂上奶油,非常厚的一层奶油。

"你用不着涂那么厚的奶油。"母亲说。

"别管我,我很饿!"

艾芳拿起盐罐,那是一个红蘑菇造型的小瓷罐。蘑菇帽上方有圆形白点,白点上有许多小孔。她从那白色的小孔里把水晶状的盐粒撒在奶油上。

"要不要我帮你把汤加热?"母亲问。

艾芳没有回答。她把木头砧板拿回房间,放在书桌上,坐下来使劲地咬了一口面包,手上的面包裂成了两半。

世界上还有什么事比咀嚼更美妙?还有什么比奶油更柔

软?还有什么比冰凉的奶油涂在新鲜的面包上更美味?还有什么调味料比盐更合适?还有什么快乐比得上这个——咀嚼,让面包在口中化成碎片,然后咽下?咀嚼时,眼睛看着手中的面包,享受那种丰裕的感受:这一口吃完了,还有下一口,还有再下一口……

她咽下面包时感到喉咙发疼。她体内隐藏着失望、无奈和挫败感,但是这些感受都被那美味的、嚼烂了的面包、奶油和盐巴覆盖住了。

到了期末考试的前一周,这时再临时抱佛脚也没有用了。范西丝卡显得十分平静。"我一定考不过的,"她对艾芳说,"真是没办法,我数学肯定不及格。说是不及格还算仁慈呢,搞不好我会考个零蛋!"

"可是你英语很好哇。"

"也只是英语好一点儿而已。我爸爸说我如果聪明的话,应该自愿留级重读。"

她们站在学校的庭院里,突然间,身旁的喧闹声变得十分刺耳,艾芳听不到任何别的声音,也听不到范西丝卡的耳语。

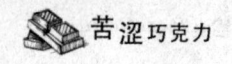

但是她突然感到了范西丝卡对她的重要性。她要范西丝卡留在班上,坐在她座位旁边,每天早上都在那儿伸出手向她道早安。

"不行,"艾芳说,"你不能留级!"

"可是我没办法跟上别人的进度。"范西丝卡打断艾芳的话,"我的数学就是不行,如果我数学有你一半好我就满足了。"

艾芳拉着范西丝卡走到体育馆前无人的走道上。"我来教你数学。"她说,"你的数学会厉害到让霍斯坦老师跌破眼镜的。"

"真的?"

"对,"艾芳说,"真的,我来教你数学。"

那个纤瘦的、有紫丁香味道的范西丝卡,伸出手臂搂住艾芳的脖子,在她脸颊上亲了一下:"你真好!"

艾芳笨拙而僵硬地让范西丝卡搂着她。

第十五章
矜 持

星期五的时候，米契出现了，艾芳大老远就瞧见了他。"嘿，艾芳！"米契说。

艾芳在他身边坐下，摸了摸他瘀青肿胀的脸颊。"谁打你了？"她问。

"我爸爸，因为法兰克的事。他说亲兄弟之间不能这样打架。"

艾芳不说话了。

"等我终于可以离开这里的时候，我一定会很高兴的。我七

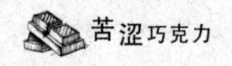

月三十一日走，十四点十六分的火车。"

"嗯。"艾芳又问，"法兰克还好吧？"

"还不算太糟，"米契回答，"他有些脑震荡，再过两个礼拜就可以出院了。"

"你想不想喝可乐？"艾芳问。米契点了点头。

他们并肩走着，然后坐在梧桐树下的那张桌子旁，就像第一次来这里时一样。他们点了可乐。

"是法兰克的错，"米契说，"你有没有看见他拿刀子？"

"看见了。"

"他总是带着那把刀子到处晃，这事大家都知道，大家也都不敢惹他。彼得也说这是法兰克的错。昨天彼得到我们家，我爸不让他进去。我爸说都是彼得的错，他应该好好盯着我们，不然他凭什么赚我们的钱。不过到最后我爸还是听他说了那天的事情经过，所以我今天才能出来。"

"我昨天和前天都在这儿等你。"

"彼得叫我一定要来找你。"

"不然你还会来吗？"

"我不知道，"米契看起来很沮丧，"我觉得很丢脸。"

"为什么？"

"我不知道，"他缓慢地说道，"因为所有的事，因为我和法兰克打架，害他进了医院。"

艾芳又点了两杯可乐："米契，为什么你当时那么生气？为什么你不避开他算了？"

"彼得也这样问我。"

"那你怎么回答的？"

"因为法兰克嘲笑你。"

艾芳感到全身发颤，一阵虚脱，她的胃又开始揪成一团。

"因为他说我是一团肥球？"

米契的脸微微泛红，他看着杯子点了点头。

"我的确很胖啊。"艾芳说，她那揪成一团的胃松开了。"我本来就是一团肥球哇。"她笑了起来，"难道你看不出来吗，米契？"

"我知道，"他说，"我当然知道。"

现在她的胃变得柔软、舒适而温暖。艾芳把手放在桌子上，她的左手原本紧紧地抓着杯子靠在身上，现在她把杯子推到桌子中间，原本搁在大腿上紧握成拳头的右手现在也松开了，放

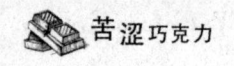

在米契的手旁边。

"不过法兰克本来就喜欢惹是生非,不论你胖不胖。"

他牵起她的手。

他们沿着河边散步。

"我很快就会离开这里了,"米契说,"过不了多久就走。"

艾芳点头:"你会给我写信吗?"

"当然会。你也会写给我吗?"

米契搂着她,艾芳看着米契的脸笑了。"你们看,"她很想这样大叫,"你们大家看!我有个朋友。我,这个胖艾芳,有个男朋友!"

他们从广场那儿往河边走去,踏着河岸的碎石子儿和覆满青苔的石头往前走。艾芳很小心、很缓慢地走着,她知道待会儿会发生什么事。

他们看见一个钓鱼的人一动不动地站在河边凝视着。远处,红白相间的鱼漂正在水面上沉浮。

再往前走就空无一人了。

米契走在前面,钻过灌木丛,把枝干往旁边拨开。他们走到了一小块空地上,然后坐了下来。艾芳拔了一根草嚼着玩,味道有点儿苦。

"你妈妈知道你和我在一起吗？"米契问。

"不知道,她以为我是和同学在一块儿。"

米契笑了:"我在家也什么都没说,因为依洛娜的关系。"

"她还是觉得这一切都是我的错吗？"

"嗯,她很喜欢法兰克。我也不知道为什么。"

"她不喜欢你吗？"

"不,她也喜欢我。"

他们并肩躺在草地上,紧紧地挨着彼此。

艾芳无法抗拒米契的轻抚和他的气息,还有他的双手。

"不要,"她说,"不要。"

"不要,"她说,"我还不想要。"

她坐了起来:"我不想要,现在不要。"

"可是你是我女朋友,"米契无奈地说,"我是你男朋友,你用不着害怕。"

害怕？这是害怕吗？

一只小甲虫在她腿上爬着,她小心地用大拇指和食指抓起它,把它放回草地上,然后躺回米契身边。

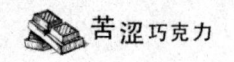

"阳光好刺眼。"艾芳说。

"这样就不会了。"米契面对着艾芳的脸,艾芳耳旁传来一阵嗡嗡的虫鸣。他吻了她。米契的眼睛看起来颜色没那么深了,瞳孔四周有灰绿色的斑点,她还看见了他那长长的睫毛!

"我喜欢这样,"艾芳说,"这样和你躺着。"

艾芳闭上双眼躺着。"你是个很漂亮的女孩子。"米契说。

闭上眼睛,眼前不全是一片黑暗,红点在她的眼帘上飞舞,就像红色的火花在紫色的浓雾中四散飞舞。

"不要,"艾芳说,"我不要这样,现在还不要,不要这样。我不知道为什么,不过我很害怕。"

她看着面前这张情绪毫不掩饰的脸,这张陌生的、无助的脸——紧闭的眼、微张的嘴、紧绷的脸颊、有点儿不整齐的牙齿、往外突出的虎牙。他的鼻翼很薄,而且颤抖着,艾芳从未见过一张如此的脸。

艾芳突然觉得十分尴尬。米契放开她,转过身,脸朝外躺在一旁,沉默不语。

艾芳坐了起来。她手足无措,不知道自己是否做错了什么,不知道米契此刻在想些什么。她感到悲伤。她看着身旁的那株矮树。那是什么植物,有着尖刺和白色的小花?为什么她生物课没好好用功?为什么米契不说话?她想起了依洛娜,她抱着法兰克的时候是如此温柔。

艾芳转过身来,碰了一下米契:"你生气了吗?"没有回答。

"我没办法,"艾芳说,"别发展得那么快,我会害怕的。我也不知道为什么,我就是这样……"她试着说出让她不舒服的原因,可是她说不出来。

"没关系,"米契说,"那就算了。我知道你和别的女孩子不一样。"

"也许我会改变,"艾芳说,"也许有一天我会学着改变。"

第十六章

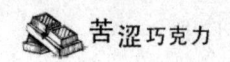

集体的温暖

"我有一件事要向大家宣布,"霍斯坦老师说,"我们九年级即将新增一个班,有五个同学必须从我们这个班上转出去。我希望最好有自愿转班的同学。"

"为什么?"班长苏珊娜问,"为什么九年级要新增一个班?"

"我们班的学生太多了,这个你们也都知道。三十七个学生!如果人少一点儿,对大家都有好处。好了,你们考虑考虑。如果有问题的话,明天我们再召开班会。"

艾芳安静地坐着。三十七个学生,她想。当然,三十七个是多了一点儿，不过三十二个也没少到哪里去。我们已经同班四年多了，老师们不能说一声分班，就把五个学生踢出去。踢哪五个？有谁会愿意转班？

她坐在最后一排，从这个位置往一旁望去，能看见范西丝卡旁边的同学把头埋在笔记本里，手忙着抓起尺、铅笔和圆规。圆规放在纸上的声音，铅笔写字的沙沙声和翻动书页的窸窣声不时传来。

克丝汀娜咳嗽了几声。这个礼拜她一直时不时地咳嗽。大热天的，她是怎么感冒的？海蒂和莫妮卡也生病了，海蒂请假已经超过三个礼拜了。她到底得了什么病？为什么没有人关心这件事？瑛儿把作业告诉她了吗？她们两个是邻居，不过瑛儿总是和乌丽克还有蒂娜在一起。

"问题 b 的那个角是几度角？"玛茜问。

"当然是 32 度角。"坐在她后面的依卡回答道。依卡穿了一件粉红色的新衬衫。"这会是今年的流行色。"卡洛拉是她们班上的流行服饰专家，她经常这样预测。

有谁会自愿转班？

艾格妮丝总是坐在第一排，因为她的近视度数很深。她也

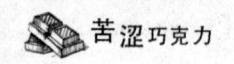

是班上身材最娇小的,看起来好像只有十二岁。她每天都穿着一样的牛仔裤和 T 恤,她家的经济状况不好吗?克劳蒂亚和露丝正在窃窃私语。她们俩是绝对不会分开的,从五年级开始她们就是很要好的朋友了。事实上,她们是班上唯一一对到现在还在一起的好朋友。玛雅和安娜有好长一段时间都在一起,但是现在玛雅和依妮丝要好,而安娜则是和苏珊娜在一起。

如果没有人自愿转班,那会怎样?她想起体育课分队的事,最后被选到的人就是必须离开的人吗?

为什么是我?艾芳想。我不愿离开,我认识每一个同学。雅丽是个独行侠,莎宾娜·卡尔也是。没有人喜欢莎宾娜·卡尔。不过大家为什么不喜欢她呢?难道我现在希望莎宾娜·卡尔离开吗?

艾芳挥不去心里那越来越沉重的悲伤和无奈。并不只是因为认识大家,我就该留在这班上,她想。不单单是这个原因,还有别的。我属于这里,我属于这个班。

卡洛拉唉声叹气地演算着数学习题。没有人觉得她会离开的,她、莉娜、芭芭拉、蒂娜和穆勒这几个美女,下课时总是黏在一起。

如果没有人自愿转班,那会发生什么事?他们会举手投票决定吗?还是不记名投票?艾芳直打冷战。

"艾芳,你今天是没心情上课还是怎么啦?"霍斯坦老师问。

"我每天都没心情上课。"艾芳说道。

"快放假了,到时候你就解脱了。"霍斯坦老师回答。

艾芳尴尬地拿起圆规。

午休时,所有九年级 b 班的学生都聚在了一起。

"为什么突然要有人转班,谁出的坏主意?"凯瑟琳说,她一向话都不多。

"我也这么觉得。难道会有人自愿转班吗?"苏珊娜问。

"我倒是不在意,我有好朋友在 a 班。如果她也愿意的话,我们可以一起转班。"英格尔说。

"我觉得你如果就这样离开我们,实在是太不够意思啦!"

"我也不想离开呀,可是万一一定要有人走呢?"

"我们不能委曲求全,"艾芳说,"我们要保护自己的权益。他们不能强迫任何人离开这个班级,我们已经同班四年多了。"

"对,艾芳说的对,我们不能委曲求全。如果有人自愿,比方说她在别的班也有好朋友,那就另当别论。不过没有人可以强

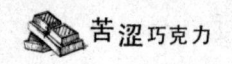

迫我们转班。"

"如果校长也同意转班呢？"艾格妮丝问道。

"那我们就罢课。"

"怎么罢课？"

"我们就不到学校里来呀！不然就坐在位子上，什么也不做,反正我们总可以想出一些点子来。"

"坐在位子上什么都不做,这样最好。"艾芳说。

"我和艾芳绝对不会转班的。"范西丝卡大声地说,"我们绝对不走！"

"先说的先赢。"卡洛拉友善地推了一下范西丝卡。

艾芳高兴得心里暖烘烘的,因为那句"我和艾芳绝对不会转班的"。

"我们来写封请愿书,明天交给校长。"艾芳建议道,"我们写下所有反对的意见。如果校长不站在我们这一方,我们就抗争到底。大家都要在信上签名,然后再交给校长本人。我们绝对不会屈服的。"

苏珊娜赞许地拍了一下艾芳:"好主意,艾芳。"

克丝汀娜又咳了一下。"大热天的,你是怎么感冒的？"艾芳问。

"说起来很笨,"克丝汀娜解释道,"我和我爸妈晚上出去散步,天气有点儿凉,可是因为我穿了一条新裙子,所以就不想套上夹克,结果下起雨来,我被冻感冒了。"

"爱美就别怕流鼻涕。"

克丝汀娜笑了起来:"难道你没做过这种傻事吗?"

艾芳本来想要回答没有的。不,我总是会披上一件外套,她想,因为那样我看起来会比较瘦。不过,她却回答说:"当然有。"

"好了,现在,"苏珊娜问,"谁来写请愿书?"

卡洛拉说:"让艾芳来写,她一定可以写得很好。"

"我也这样认为。你愿意写吗,艾芳?"

艾芳开心得涨红了脸。"我很乐意,"她说,"不过最好有几个人一起打个草稿。"

"我自愿参加,"范西丝卡说,"苏珊娜最好也加入,还有安娜。"

"没问题,我们约在哪儿见面?"

"四点来我家,可以吗?"范西丝卡显得十分开心,"这件事正合我的心意。"

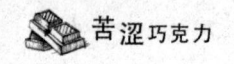

艾芳吹着口哨儿走回家。一位老太太惊讶地看着她，她开心地对老太太微笑。我采取了行动，她想，我采取了行动，今天四点在范西丝卡家。到时没有人会强迫我们转班，没有人！

这天晚上，艾芳躺在床上，许久都无法入睡。这真是令人振奋的一天，和往常的日子如此不同。先是在学校里的那场讨论，同学们和她交谈，好像她们一向都是如此，好像她从来不曾是个旁观者。她们不只对她说话，甚至听她说话。"好主意，艾芳。"苏珊娜说。而卡洛拉也说："让艾芳来写，她一定可以写得很好。"艾芳走到窗前，望着窗外的黑夜。

范西丝卡的家并不远，只有十分钟的路程。她住在一栋漂亮的老房子里。艾芳刚到她家时，觉得有点儿拘谨，不敢开口说话，但是后来苏珊娜和安娜来了以后，她就感到轻松多了。她们四个围坐着，讨论着，笑着，写着，没有人说："那个艾芳该转班，我们不要艾芳。"相反，她们仿佛是很要好的朋友，像卡洛拉、莉娜、芭芭拉、蒂娜和穆勒她们之间平时相处一样。那种感觉真好。

"天哪，艾芳，"苏珊娜说，"我一直以为你对我们没兴趣，我还以为你觉得我们不配和你交朋友呢！"

艾芳望着夜空微笑。"我属于她们。"她大声地说，"我和其他人一样，属于这个班。我会留在这个班上，和范西丝卡、苏珊娜、安娜在一起，还有卡洛拉。为什么我必须离开？我是属于她们的。"

外面一片漆黑，在某个距她十分钟路程的地方，范西丝卡正在安睡。

艾芳躺回床上。

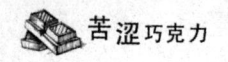

第十七章

分　离

艾芳从侧门走进了火车站,她不想被人看见。不过一走进车站,她就知道没有人会看见她,因为时间还太早,火车在一个多小时以后才会发车。一小时十二分——她抬头看了看时钟——零二十七秒。

秒针动了一下,二十六秒。又动了一下,二十五秒。

嘈杂声、喧闹声、喊叫声、说话声,到处充斥着噪声,空气中充满了一种火车站特有的味道:燥热的铁锈味、垃圾味、摊位上传来的香肠味、薯条味、发臭的热油味。

一个男人摇摇晃晃地走过来,把手撑在摊位前的一张单脚高桌上,对着艾芳大声地说:"小妹妹,你想要吃什么呀?"

艾芳快步离开,慢慢地、浅浅地呼吸着,好让那汗臭味和酒臭味别窜入她的体内。她站在偌大的火车时刻表前,一行行地扫视着:就是这班车。十四点十六分从慕尼黑出发,二十二点二十五分到达汉堡。二十五号月台。

一个女人从艾芳身边走过——一个漂亮的女人,很高也很瘦,她身上有铃兰的香味,或者是紫罗兰?铃兰是什么味道?紫罗兰又是什么味道?艾芳记不得了。她觉得自己那臃肿的身体被汗浸湿了,而她竟然还穿着件淡红色的衬衫。淡红色,还没熟透的番茄的颜色。一个太早被摘下来、再也不能成熟的番茄,一个还没红透就开始腐败的番茄。汗渍在这件衬衫上会特别显眼,她不用看就知道自己腋窝下的那块汗渍会是什么样子——那块不规则的、深色的汗渍。

她把上臂微微往外张开,只张开一点点,让人看不出她是刻意这么做的,但是又可以让她的腋窝透透气,也许那块汗渍会干得快一些。

真希望天气不要这么闷热。胖子总是比瘦子更容易出汗。

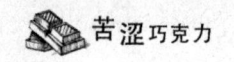

嘈杂声简直让人发狂,艾芳痛恨这无孔不入的噪声。没有人能把自己的耳朵闭起来,人只能听任噪声摆布。

还有一个小时零三分钟。

汗从她的太阳穴滴下,流到脸颊上,滴在她正准备要去擦汗的手背上。

他们什么时候才会来?所有的家人都会来吗?父亲、母亲,还有八个小孩儿?不,不会是八个,法兰克还在医院里。"他还得在医院待上几天。"米契昨天道别时是这样告诉她的。

她送给他一条项链,一条刻有"M"字样、细细的银色项链。

"应该是'E'才对,"米契说,"'艾芳'的'E'。为什么不是'E'?"

他们坐在公园的板凳上紧紧搂着彼此。

"你会写信给我吗,艾芳?"

"我会,米契。"

"艾芳,你会一直都是我的女朋友吗?"

艾芳感觉到了自己的哀伤,那一阵小小的、锥心的痛,那个在她心里,属于米契的一个小洞。

"你会认识其他的女孩子,"她说,"你会在汉堡认识很多其他的女孩子。"

"你的头发真漂亮！"米契说。他把脸埋进她的头发里，他的气息暖暖的。

艾芳走进车站餐厅，选了一张看得到二十五号月台的桌子坐了下来。一杯可乐的热量是80卡路里，她给自己点了矿泉水。米契每次喝了矿泉水总是会打响嗝。

什么时候还会回到这里？他不知道。他也不知道自己什么时候会上船。"我叔叔会帮我打点一切。"米契说。

"你在等人吗？"一位老太太在艾芳旁边坐了下来。艾芳犹豫了一下，摇摇头："不是。"

老太太把手提包放在大腿上。"这年头儿凡事都要小心一点儿，"她注意到艾芳在看她，说，"每天报纸上都有那些新闻。"

服务员走了过来。"一壶咖啡和一块鲜奶油乳酪蛋糕。"老太太点了餐后，又继续对艾芳说，"我在等我女儿。她去度假前顺道来这里跟我住几天。"

艾芳点点头。除了点头她还能做什么？她有点儿生气，她宁可自己一个人。

还有三十八分钟。火车已经进站了。

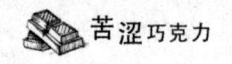

"我自己一个人住在这里。"老太太说,语气中透着凄苦。艾芳吃惊地望着她。

"我先生过世后,我就自己一个人住。"她用餐巾纸抹了抹眼睛。

艾芳的生气转成了同情。

"就是这样,"老太太说,用小汤匙搅着咖啡,"人老了就要孤单一人。"

"你女儿住在哪里?"艾芳问,并向服务员招了招手。

"她住在法兰克福。"老太太说。

"离这儿很远呢。"艾芳找出一个两马克的铜板,付了钱,"再见,希望你女儿很快就会到。"

她买了一份报纸,站在一个她可以看到月台、别人却看不到她的地方。

十三点五十五分。他们来了。艾芳站在书报摊后面,往后退了一步,用报纸遮住半边脸。

米契穿着深色长裤和白衬衫,拉着一个咖啡色的大行李箱,他的父亲手里提着一个手提袋。艾芳好奇地看着他们每个人。他的父亲身材瘦高,皮肤黝黑,留着小胡子和略长的头发。

他看起来挺帅的,艾芳想。那套西装和红领结让他看起来有点儿高傲,不过很帅气。

他母亲抱着一个金色头发的两岁小孩儿,旁边两个男孩子兴奋地在月台上跑来跑去。依洛娜肥胖而迟缓,穿着舞会那天穿的那件衣服,她把母亲怀里的小孩儿抱了过去。

米契在家人中间显得和往常十分不同。他看起来年轻了许多,也更孩子气些。

父亲把行李和手提袋提进火车。母亲拥抱米契,她身材高大而粗壮,甚至可以说是肥胖,米契在她的臂弯里几乎消失了。那个两岁的小孩儿哭了起来,母亲把小孩儿抱了过去。依洛娜伸出手轻抚着米契的脸,艾芳再度为这个女孩子的温柔感到惊讶。她从心底生起了一股妒意,她怎么能这样轻抚他?她想,只有我才能这么做。

但是,她同时也知道她做不到,在米契面前她做不到。

艾芳早已不知不觉地放下了报纸。米契没有朝这边看,他抱着依洛娜,摸了摸她的头。他的母亲一手抱着孩子,一手拭泪。米契被家人的拥抱、目光和道别紧紧地包围着。

这才像个家,艾芳想。他们很爱彼此。我们家就从来不曾有

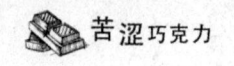

过这么多亲密和依恋。

上次她亲伯多是什么时候？她不记得了。她也从来不知道伯多是否喜欢人家亲他。

那两个男孩从月台的另一头跑了回来。他们找到了一辆行李推车，一个推一个坐地穿过人群，挥着手笑出声来。其中一个长得有点儿像米契，他有一张调皮而快乐的脸。

月台上挤满了人，到处都有人在道别。十四点十分了，再过六分钟……唉，米契。艾芳感到一阵悲伤。我那天在河边不应该拒绝你的。如果……如果什么？

她转身离去。她的脚有点儿僵硬，眼睛直发烫，可是她没有回头。米契会给她写信，一定会写的，而她也一定会给他回信。一切尚未结束，还没结束。

车站广场上有一家咖啡店，艾芳走了进去，在一张空桌前坐了下来，给自己点了一杯咖啡和一块蛋糕，是鲜奶油乳酪蛋糕。

第十八章
理解的力量

多特别的一天！在艾芳的生命里,有那么多日子都是平静而迟缓地度过的,每一分钟她都辛劳而疲惫地拖着脚步,直到熬过了一个又一个小时;有那么多日子什么事也没发生,世界像是静止了一样,像是一团黏稠透明的物体,闷得人快要窒息;有那么多日子,艾芳迟滞地移动着身体,却全然不知她正在移动;有那么多日子除了那无精打采的踱步外,没有任何事发生。在多少千篇一律的灰色日子里,没有光彩,没有斑斓,没有对视的目光,没有短暂的攀谈,没有微笑,更没有身体的接触。

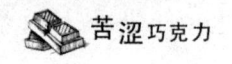

没想到,这特别的一天来临了。

天气好像从来就没有这么好过。一大清早,艾芳隔着窗户往外看,这是个灰蒙蒙的、阴暗多云的早晨。但是,艾芳感觉到夏日清晨的那股凉意正在她的皮肤上轻轻搔弄着。她深深地吸了一口这沁凉清新的空气。

对面盖柏夫妇和他们那个"好女儿"住的那栋房子几乎消失在这片灰雾里。房子和天空色调相同,当然,它们的质感不同,不过艾芳必须很仔细地看才能分辨得出它们。这是一阵不寻常的灰雾,像棉花一样柔软,笼罩着一切。

艾芳站在窗前,久久地望着窗外。

早餐时,父亲从皮包里掏出一张一百马克的钞票递给艾芳。"拿着,"他说,"给你自己买点好东西。这是额外的零用钱,因为我们今年不去度假了。"

正在吃早餐的伯多把头抬了起来。

"我也会给你的。"父亲说,"明天你去依卡阿姨家时我再给你。"

伯多点点头,给面包涂上牛肝酱。

"不过我不会给你一百马克的,你现在才十岁,而艾芳已经长大了。"

"好吧。"伯多说。

艾芳拿了钱,把它放在盘子底下:"谢谢爸爸。"

"你要买什么呢?"母亲问。

"我还不知道,"艾芳回答,"我今天去城里逛逛,看看能不能找到什么我喜欢的。"

早餐后,她开始整理房间。正在整理唱片时,母亲走了进来。"这是给你的,艾芳。"她递给艾芳一张明信片,然后好奇地站在一旁等着。

艾芳把明信片放在书桌上,把甲壳虫乐队的唱片放回架子上摆好。

"看来是不想跟我说,那就算了。"说完,母亲走回厨房。

艾芳拿起明信片,翻了过来,上面有几排整齐的、有点儿孩子气的字迹。

亲爱的艾芳:

汉堡真的很棒!我才刚到没多久,会再写信给你。

米契

艾芳笑了。他写的不多,但是他一到汉堡就想到要写信,这

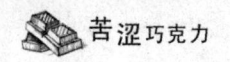

让艾芳很高兴。

她哼着歌,把房间收拾好。

"妈妈,我去买束花。要不要我帮你买点什么?"

"两罐牛奶、一包白糖,还有六个苹果,我今天要做布丁。"

艾芳选了一束原野上的夏花,一马克八十芬尼。下个礼拜我要坐汽车到某个邻近的小镇去散步,她计划着,脑海里浮现出一片原野,一片斜坡,在阳光下开满了缤纷的野花。她会躺在原野上看着蓝天,蜜蜂会嗡嗡地从耳边飞过,一旁的树林里会传来布谷鸟咕咕的叫声。布谷,布谷,告诉我,我有多少年可活?一、二、三、四……

"鸡蛋和牛奶、面粉和奶油、糖和盐巴,蛋糕出炉啦!"她爬上楼梯时这样唱着。

母亲带伯多去了商场。他去阿姨家住时需要几条新内裤和一双新雨鞋。

艾芳烧开水泡了一杯茶,然后又给客厅里的盆花浇了水。突然,门铃响了,艾芳按下大门对讲机的按钮,听到了楼下开门的声音。

"是我,"范西丝卡说,"我在家无聊得很。"

"进来吧。"

范西丝卡在艾芳的房间里坐下。晒得一身漂亮肤色的范西丝卡,穿着浅色的牛仔裤和浅蓝色的衬衫。她坐在艾芳床上,背靠着墙,两腿伸直。像只猫一样,那么放松,艾芳想,她真是好看。

"你想复习数学吗?"她问。

范西丝卡摇摇头:"今天不想,明天再说吧。"

多特别的一天。她以前在自己的房间里接待过朋友吗?没有,从来没有!

"你来找我我很高兴。"

范西丝卡笑了,伸了个懒腰:"放点音乐来听听吧。"

艾芳把一盘录音带放进录音机。"你的房间好舒适哟,整理得这么干净。"范西丝卡说。

艾芳回想着范西丝卡的房间。那是一栋老式公寓里的大房间,有很高的天花板和漂亮的旧家具。整栋公寓都是这样的格调,只不过有点儿凌乱。

"我比较喜欢你们家。"艾芳说。

"我不喜欢。像你的房间这样小小的,感觉舒适多了。你在

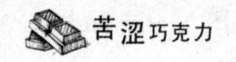

老房子里过过夜吗？没有吧。那你一定要来我们家住上一个晚上。夜里到处都有嘎吱嘎吱的声音，特别诡异。我总是怕自己半夜会醒过来。"

"你一定要来我们家住上一个晚上。"她是这么说的。艾芳还从来不曾到朋友家过过夜呢。

"我小时候睡觉也常会害怕，"艾芳说，"我总是害怕有恐怖的事发生。小偷儿啦，谋杀啦，不然就是火灾。不过从来也没发生过什么事。"

"我也是这样，"范西丝卡说，"每当我害怕时，就跑到我妈床上跟她睡。可惜现在我长大了，不能再这么做了。我很喜欢跟我妈一起睡。"

"我从来没有和我妈一起睡过。"艾芳说，"不过我哭的时候，我妈都会来我房间安慰我。妈妈会拿加了蜂蜜的热牛奶和奶油面包，或是几片饼干。如果我哭得很厉害，就会再给我一块巧克力。"该死，总是会有吃的。吃点东西就会好多了，吃东西会让人忘掉烦恼。

艾芳站起来，走到录音机旁。她走动的时候特意把小腹缩了起来。

"你要听另外一面吗？"她问。

"好,谢谢。"

艾芳把录音带换了个面。我该洗头了,她想,今天晚上一定得洗。

"我觉得你提议要写请愿书给校长的事真的很棒,"范西丝卡说,"我还是头一次听你说这么多话呢。早上我们在学校讨论的时候,还有下午在我家的时候。你平时都很少开口,要听你讲话,就要一个字一个字地帮你从嘴巴里抠出来呢！"

艾芳有点儿尴尬,她用裙子盖住膝盖："我确实不爱说话。"

"其实你口才很好。"范西丝卡说,"你应该当咱们班班长。"

艾芳没有回答。她避开这突如其来的赞美,去厨房把茶端了进来。

艾芳站在房间的书架前,在一整排书的后面斜放着她的减肥食谱。要把这本书藏在一个安全的地方可真不容易。

艾芳想起那天她去买书的事,想起她自己偷偷节食的事,想起她心里那不想被任何人发现的绝望,她犹豫了起来。然后,她毅然拿起书,走进厨房。母亲正坐在厨房里看报纸。

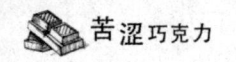

"妈妈,"艾芳说,她把书放在桌上,"你以后能不能帮我煮一些不一样的食物,我想要瘦一点儿,如果可能的话。"

母亲惊讶地抬头望着她:"为什么?你男朋友说了什么吗?"

艾芳摇头:"没有,跟他没关系。我只是觉得自己太胖了。"

"可是你的样子很好看哪。"母亲说,"你比较胖是遗传了你爸爸。"

"还有食物的缘故。"艾芳此刻很想把书拿走,不想再谈减肥的事。逃避总是更容易些。但是,她又想起那些她必须暗地里做的事和她心里隐藏的那股羞耻感。于是她说:"我不相信我真的会瘦下来,不过起码我可以试试看,而且我也不想自己一个人暗地里做这件事。我再也不想偷偷地吃东西,也不想偷偷地饿肚子。不,我再也不想故意饿肚子了。不过,我们可以试试看,看能不能改变一下饮食习惯。"

母亲拿起书来,开始翻阅。"当然可以,"她说,"我当然可以照这些食谱给你煮东西。要不这样,我跟你一起吃这些减肥餐,这对我也不会有任何坏处,对你爸爸更没有坏处。你就要放暑假了,我们可以做得彻底一点儿。"母亲跃跃欲试:"你看这道午餐食谱,鱼排加烤番茄,听起来挺不错的嘛。我今天就来煮这道菜好不好？再加上冰淇淋当饭后甜点。"

"好，"艾芳说，"要不要我帮你去买菜？"

"我们可以一起去，好不好？"

艾芳点点头："好哇，我们一起去买菜，然后再回家一起做饭。"

"要是你爸爸不喜欢这些减肥餐，我们就叫他自己去餐馆吃饭。"

艾芳笑了："你真的敢这样做吗？"

母亲耸耸肩："也许不敢。不过我一定会照你的意思来做饭的。"

艾芳伸手搂住母亲的肩膀，亲了她一下。

"艾芳，"母亲说，"你应该做得比你妈更好，你应该比你妈更聪明。"

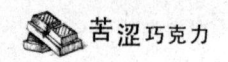

第十九章

新　生

艾芳跟范西丝卡复习完数学后,准备到城里逛街。"我跟你去好不好?"范西丝卡听艾芳提起那一百马克的事后问道,"让我跟你去吧。我很喜欢逛街呀!"

"不过我根本不知道要买什么呢。"艾芳犹豫不决地回答。她试穿衣服的时候,如果范西丝卡在她旁边,那会怎样?和母亲去买衣服是另一回事,母亲知道她的身材,她不会看着她的胸部,也知道她的臀围是多少。搞不好范西丝卡根本没注意到艾芳有多胖,她会不会看了艾芳试穿长裤以后,才知道艾芳原来这么胖？

她想要买一条牛仔裤。还是干脆买书好了！她真正想要的是一条牛仔裤和一件衬衫。她已经很久没有穿过长裤了。"我是不做裤子的，"史密霍伯说，"不值得花那个工夫来做，裤子要买现成的。"

"艾芳，反正你也买不到合身的裤子，就做一件连衣裙吧。"这是母亲的意见，"做一条百褶裙吧，上面是平的，下面是褶皱的，这种裙子很适合你，而且要选深色的布料，浅色的衣服会让你看起来更胖。"

艾芳因为害怕被嘲笑，害怕在店里试穿裤子，害怕真的找不到适合她的尺寸，只好点头同意，所以她又做了一条新裙子。

"我很难找到合身的衣服。"她对范西丝卡说。

"没关系，我有耐心，真的很有耐心。我妈妈要买到合身的衣服也不容易，可是她很喜欢我陪着。她说我总是可以给她很好的建议。"

"也许我会买书。"

"买一百马克的书？"

她们坐公共汽车来到城里。范西丝卡说她知道一家小小的

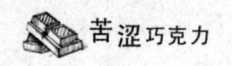

但是很棒的服饰店,艾芳一定可以在那里找到她要的衣服。

汽车行驶时嘎嘎作响。"你穿几号的衣服?"艾芳问,"我是指几英寸。"

"二十九或二十八,得看是什么品牌。"

"我穿三十四或三十六。"艾芳说。

"什么?我听不见!"

车窗外的街道正在施工。一台挖掘机在柏油路上挖出了一道深坑。

"到处都在施工,"范西丝卡说,"吵得连讲话的声音都听不见了。"

曾经有一次,艾芳自己一个人走进一家牛仔服饰店,不安又羞愧地试穿了牛仔裤。"如果三十四号太小,你再试试三十六号。"说完,那个女店员开始和另一个同事小声地谈起话来。艾芳站在试衣间里,听不见她们说话的内容,也不知道她们在笑什么。艾芳站在那儿,身后是橘红色的布帘,面前是一面大镜子。她正费劲地把牛仔裤的拉链往上拉,而外面那个尺寸一定是二十九号的店员,那个不用试穿三十六或三十八号衣服的店员,正在那儿大笑。二十九英寸!不知何时自己才能瘦成那样。

她站在试衣间里,盯着镜子里的布帘。橘红色实在不适合她,不过谁会适合橘红色呢?她红着脸,奋力地拉着拉链。不行,卡住了!她没有勇气叫那个尺寸是二十九号的店员进来帮她。也说不定她的尺寸是二十八号。

她走向柜台,把那条三十四号的牛仔裤放在桌上,说:"我买这条。"然后她付了钱,走出商店。为什么她要这么做?为什么要花六十九马克买一条太紧的裤子?一条她根本就不能穿的裤子?就只是因为她觉得丢脸,就只是因为她不愿意开口说:"这条太瘦了。"

这次和范西丝卡在一起又会如何?

那家服饰店真的很小。艾芳宁可到大一点儿的店里,在那里她只是人潮中的一位顾客,没有人会特别注意到她,但是范西丝卡在这家店里显得相当自在。"我常在这里买衣服,"她说,"我很喜欢这家店,他们有很棒的东西。"

"我喜欢这件衬衫。"艾芳说。它是粉红色的。

"那就买呀!"

"我要选一条牛仔裤,蓝色的。"艾芳对女店员说。然后她想着,其实我真正想要的是浅色的牛仔裤,泛白的那种,再搭配那

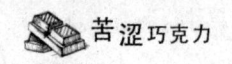

件粉红色的衬衫。唉,可惜穿不了。

她站在试衣间里,绝望地拉着拉链。太紧了。

"怎么样?"范西丝卡在外面问。

"太瘦了。"

范西丝卡帮她拿了一件肥一点儿的,然后又拿了一件更肥的。她把布帘掀开,走进试衣间。

"这条,试试看。"

"这颜色太浅了,"艾芳说,"我穿浅色衣服看起来会更胖。"

"没那回事,浅色一定会很适合你的。别老是穿那些深蓝色或者咖啡色的衣服。"

艾芳不敢反驳她。她希望范西丝卡这时会走出去,她不想让范西丝卡看见自己挤进牛仔裤时的样子。可是范西丝卡没走,她坐在板凳上看着艾芳。

"这条牛仔裤和你头发的颜色很配。"她说。

"你和我在一起不会觉得丢脸吗?"艾芳问。

"为什么这样问?"

"因为我这么胖。"

"别犯神经了!"范西丝卡说,"为什么我会因为和你在一起而丢脸？这世界上本来就有胖的人也有瘦的人哪，那又怎么样！"

拉链拉上了。稍微有点儿紧，不过拉上了。

"刚开始都会比较紧，"范西丝卡说，"等穿到了明天，就会松得像个布袋了。"

这条牛仔裤真的和她头发的颜色很相配，它和她刘海儿的颜色一样靓丽。范西丝卡把那件粉红色衬衫拿了进来："拿着，穿上看看。"

艾芳惊讶地站在镜子前，她不敢相信镜子里的那个人是自己。她看起来如此不同，和穿蓝色百褶裙时全然不同，和穿那些不显眼的衬衫时全然不同，就像变了个人似的。

"这样很好看，"范西丝卡十分满意地说，"真的好看。这些颜色真的很适合你。"

"穿深色会显得比较瘦，穿浅色会显得比较胖。我太胖了，不适合这样穿。你不觉得吗？"

"我不觉得，"范西丝卡说，"我喜欢你这样，而且你也应该这样穿。你穿深色的百褶裙时，看起来也没有显得比较瘦哇！你就换个造型嘛！而且你这样真的很好看，不信你自己照镜子看

苦涩巧克力

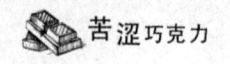

看。"

艾芳看着镜子。她看到了一个胖胖的女孩,有着大大的胸部、圆圆的肚子、粗粗的腿。但是她看起来真的不赖,有点儿显眼,不过真的不赖。她是很胖,不过也有胖的漂亮女孩不是吗?美的定义究竟是什么?难道非要长得像时装杂志上的那些模特儿才算是美吗?她脑海里闪过"长腿""细腰""纤瘦""窈窕"这些字眼,但是她也想起大师名画里那些丰满的女人。她不禁笑了,对着镜中的那个女孩笑了。

这时,有件奇妙的事情发生了。那团肥肉并没有融化,也没有一条发臭的脂肪河从人行道旁的下水道流过。事实上,是有某件看不见的事情发生了。她在刹那间转化成了"那个艾芳",那个真正的艾芳。她笑着,不停地笑着。她望着范西丝卡惊讶的表情,笑得几乎说不出话来。

"我看起来就像夏天一样!真的,就像夏天一样!"

《苦涩巧克力》课件设计

上海市七宝明强第二小学 李荣秀

◆◆◆ 第一部分 这本书的前后里外

【获得奖项】

本书荣获奥登堡青少年图书奖。文学编辑轶冰为本书作评说:"幸福与忧伤,得到与失去,乐观与悲观,疏远与亲近,追求与舍弃,自卑与自信,梦想与现实,成长是艰辛的,长大不容易。这个小小的故事,或许能帮助青春萌动期的孩子们化解积存于内心的苦恼与困惑,让他们青春的心灵更加柔软、更有深度。生命的巧克力不全是甜蜜的,苦涩的部分也得品尝——体味到这一点,才能了解生命的真义。"

苦涩巧克力

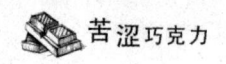

【作家点滴】

　　本书作者是德国作家米亚姆·普莱斯勒。她 1940 年出生于德国，曾在法兰克福研读绘画艺术，现居住在慕尼黑近郊，一直担任自由作家和翻译。她的作品荣获许多大奖，包括德国最大的奖项——德国青少年文学奖和德国图书奖。她的翻译成就也得到德国青少年文学奖组委会的肯定。她的结集作品荣获德国卡尔·楚格迈尔奖及 2004 年德国图书终身成就奖。

【故事简述】

　　艾芳因肥胖而深感自卑。她觉得同学们都疏远她，家人也不够理解她。她用食物来抵挡烦恼，尤其喜欢用巧克力来抚慰受伤的心灵。可是食物在口中转瞬消失，随之而来的是烦恼的再次侵袭和对自己无法控制食欲的沮丧。她厌恶身上的肥肉，希望有一天可以摆脱它们，那样就能够变得快乐、轻盈、活泼，变成一个真正的艾芳。一个叫米契的男孩出现并喜欢上了她，艾芳开始品尝到被人喜欢的幸福，可仍因为肥胖而否定自己，并质疑米契对她的感情。渐渐地，艾芳发现米契确实喜欢自己，在转班事件中她又感受到了同学们的温暖，并收获了范西丝卡这个好朋友的友情。虽然米契不得不到外地去，只能通过信件和艾芳联系，但艾芳并没有消沉。她已经学会了接纳自己，也学会了怎样与朋友和家人沟通。她的身体仍是胖胖的，但是她已经找回了那个快乐、活泼的真正的自己。

◆◆◆ 第二部分　教案设计

【适读年级】初中二、三年级

【建议课时】三课时。(第一课时了解艾芳这个主要人物。第二课时分析米契对艾芳的影响。第三课时分析范西丝卡等朋友对艾芳的影响以及艾芳的转变。)

【共读过程】

第一课时

一、从书名和人物切入阅读

1.出示本书书名——《苦涩巧克力》

师：喜欢吃巧克力的同学举手？你们所感受到的巧克力的味道是怎样的？用一个词语回答。

(预设一：学生回答"香浓"等偏于形容味美的词。此时可以请学生用表情来进一步表现他们对巧克力味道的感受。

预设二：学生回答为带苦字的词语。此时可进一步分析"苦味"与"苦涩"的区别。)

2.分析"苦味"与"苦涩"的区别

尽量由学生来回答，然后适当进行小结：苦有很多种，咖啡、茶

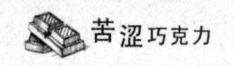

还有黑巧克力都带点苦味,不过它们是特别的美好味道,不是"苦涩"。

进一步提问:"苦涩"是一种怎样的味道?"苦涩"又可以用怎样的表情来表现呢?

3.题目设疑,引出主要人物

师:美味诱人的巧克力为何是让人皱眉的苦涩味道呢?这苦涩从何而来?是因为巧克力吗?(预计学生多答不是。)那是因为什么?(预计学生可能归因于吃巧克力的人本身的心情。)

师:苦涩巧克力属于一个和大家差不多大的女孩,她名叫艾芳,是本书的主要人物。

二、解读第一章

1.感受本章介绍人物的特殊方式

师:第一章的题目就叫"艾芳",介绍了很多关于艾芳的重要信息。不过作者采用的方式非常特别,特别在哪儿呢?

如果学生回答有些困难,可出示另一种介绍艾芳的方式(艾芳是一个十五岁的中学生。她的体形比较胖,性格比较内向……),请学生通过对比进行回答。

教师小结:作者只是截取了艾芳日常生活中的几个片段,就把艾芳这个人物刻画得非常生动立体了。这些片段由许多细节组成,通过细节透露出很多人物信息,这就是所谓的以细节刻画人物。

2.分析具体片段,发现细节背后的人物

师:这个章节分别写了艾芳哪几个生活片段?

请学生选择一个片段,说一说自己从中获得了哪些人物信息。然后请其他同学补充发言,着重引导学生抓住重点细节去感知人物。可以直接问学生:在这一片段中你还发现了哪些细节?然后围绕发现的重点细节进行讨论,充分发挥学生的主动性。

(1)片段一:数学课上

这个片段写数学课上,老师请艾芳上前回答问题,可是艾芳却毫无反应。这是一件奇怪的事,可引导学生分析其中的原因。

分析原因时有两个细节非常重要:一是"艾芳没有抬头看,但是她知道芭芭拉是以怎样的体形走上前的:双腿细长,紧身牛仔裤包裹着娇小的臀部";二是"芭芭拉沿着书桌间狭窄的过道走回来坐下"。从这两个细节可以看出艾芳十分在意自己偏胖的体形,很不愿意当众走过狭窄的过道。

(2)片段二:体育课上

这个片段可着重抓住两个细节进行分析:

第一个细节是在分队时艾芳特别慢地系鞋带。两个女同学轮流喊出她们想要的队员的名字,与此同时,艾芳故意把鞋带松开,重新又系了一次。许多个名字过后,她依然没有听到自己的名字,艾芳系鞋带的动作就更慢了。到了最后,艾芳的名字终于被叫到,

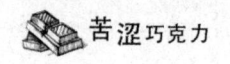

她的鞋带也终于系好了。

从中可以看出艾芳是一个十分敏感的女孩。她用系鞋带来掩饰自己的名字最后被叫到的尴尬。或许她会想,最后被叫到名字的人就是同学们最不喜欢的人。

其次是在更衣室里的一些细节。比如艾芳故意最后去冲澡,并且还在角落里的淋浴间。从中可以看出她非常羞于在众人面前展露自己的身体。

(3)片段三:午休时间

这个片段透露了艾芳在与同学相处方面的很多信息。她不是很合群,有些自闭,喜欢坐到角落里,可是她又十分渴望亲密的友谊。其中有一个非常重要的信息,就是看书时"爱、轻抚、信任和寂寞"这样的词最容易让艾芳落泪。这里可引导学生通过本片段中的细节去解答为何这些词语会触动艾芳,比如当艾芳看到卡洛拉和莉娜亲密无间的样子时就会黯然神伤。因为看到别人所拥有的"爱、轻抚、信任",会提醒自己是多么的"寂寞"。她有多想拥有那些爱和信任,她就会感到有多难过。

(4)片段四:回家路上

这个片段第一次展示了艾芳想摆脱"胖"的愿望和旺盛的食欲之间的矛盾。她不想看到自己映在玻璃橱窗上的影子,可是又习惯于在食物中获得片刻的享受(从她习惯性地打开钱包看看里面有多少钱可以看出这一点)。

这一片段最难分析。可从该片段的结尾入手:艾芳如此喜欢鲱鱼沙拉,在享用完美食之后,她却"感到疲惫而悲伤"。可引导学生去寻找原因,从而发现、揭示上述说法的矛盾之处。

三、总结人物特点,分析艾芳前期的心理

师:通过阅读这几个片段,分析作者精心设置的这些细节,你们能够试着总结一下艾芳这个人物的性格特征吗?

(艾芳很敏感,因为自己过胖的体形,她在人群中自卑又羞涩。她虽然躲避着人群,可是内心十分渴望朋友;她虽然迷恋着食物,可又因无法抑制自己的食欲而深感苦恼。)

师:在这一章中我还发现艾芳喜欢躲在角落,她洗澡时躲在角落,休息时躲在角落,吃东西时也躲在角落。她为什么要躲呢?

如学生回答有困难,可适当提示:如果你感觉自己状态很好,你会躲吗?如果你觉得正在做的事情很好,你会躲吗?

(艾芳之所以躲,是因为她觉得自己体形不好,那么胖还那么喜欢吃也很不好。她不喜欢这个不好的自己,她要把自己藏起来。)

四、课后作业

师:现在我们了解了艾芳这个人物,或许能够回答她的巧克力为何是苦涩的这个问题了。第二章有对艾芳吃巧克力的描写,请同学们课后阅读一下,相信你们会给出自己的答案。

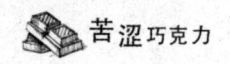

第二课时

回顾上一节课留下的问题,请学生对"苦涩巧克力"做出自己的解读。预计学生会从食欲和想瘦的渴望这两者之间的矛盾来解读艾芳的"苦涩巧克力"。

师:上一节课我们了解了艾芳这个人物,了解了她的不够自信,她的内向羞涩,她的孤单和渴望。不过这只是故事的开始。这是一个关于成长的故事,通过阅读我们都知道后来在艾芳身上发生了一些好的转变。在她转变的过程中,有一个人物起了重要的作用,他就是——米契。

一、艾芳在与米契交往时内心的不安

分析艾芳在与米契交往中的心理——她虽然很喜欢和米契在一起,可是又非常不安。引导学生通过阅读对艾芳的心理描写来分析她不安的原因。

师:这本书里有很多精彩的心理描写,通过阅读心理描写我们能够了解到人物的内心。现在我们通过阅读几处有代表性的对艾芳的心理描写,来解读她不安的原因。

1.解读第一次约会艾芳等待时的不安,分析艾芳对于米契情感的不信任。

第一次约会时米契迟到,艾芳在等他的时候非常不安,有一段

对她心理活动的较长描写，包括对卡洛拉的回忆和对巧克力的回忆。

（1）首先她回忆了被卡洛拉"放鸽子"的经历。可就此引导学生分析卡洛拉这个人物对于艾芳的影响。

师：艾芳经常回忆起一些与卡洛拉有关的事情，而且都是些不太好的回忆。你能分析一下卡洛拉这个人物对于艾芳的影响吗？

（卡洛拉和艾芳本来是好朋友。可是有一天卡洛拉突然和另外一个女孩亲密无间起来，结束了和艾芳的亲密友谊。在书中第50页有对艾芳当时感受的描写："她独自站在那儿，怀着对卡洛拉的满腔情感，而卡洛拉却将这些情感置之不理。不，她不是生气。她是伤心，是心痛。"这种心痛的经历使艾芳对他人有一种不信任，她潜意识里不相信别人对自己的情感，觉得他们说不定哪天就会离去，他们可能并不那么喜欢她，并不那么喜欢和她在一起。）

教师可适当总结延伸：艾芳用从卡洛拉那里得到的一些负面经验去揣测她与米契之间的关系，她对米契也有一种不信任感。

有一个噩梦充分展现了艾芳的这种不信任感。请学生阅读书中第62页艾芳的噩梦。艾芳梦见米契拿着一把刀，冷冷地对她说"别过来，赶快回去，不然我砍你一刀"！

师：读完艾芳的这个噩梦，你能说出艾芳在与米契交往时之所以不安的原因吗？

苦涩巧克力

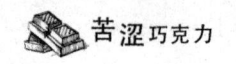

（不信任米契对她的情感，这是令她感到不安的一个重要原因。）

（2）阅读艾芳对巧克力的回忆，进一步解读"苦涩巧克力"的含义。

请学生阅读书中第38页艾芳对巧克力的回忆。（艾芳在母亲的影响下，习惯用巧克力抚平痛苦，把甜味和眼泪一起咽下之后，就开始微笑。）

师：我们现在对艾芳的内心已经多了一些了解，通过刚才的阅读，你能对"苦涩巧克力"再做出一些解读吗？

这段回忆的最后两句可作为分析的重点。

"你看吧，玛丽安娜，"史密霍伯说，"世界上没有什么痛苦是不能用甜食抚平的。"艾芳笑了。

这个笑并不表示赞成，而是一种假象。实际上艾芳知道，巧克力不足以抚平痛苦，可是她没有其他更好的方式，所以她就选择努力咽下巧克力，努力地微笑，让妈妈、也让自己去相信那些痛苦真的被抚平了。可是她的心并没有因为巧克力变甜，而巧克力却因为她的心变苦了。

2.阅读"舞会意外"后艾芳的心理，分析艾芳对自我的否定。

艾芳十分盼望这次舞会，舞会上的意外使艾芳深受打击。在书中第113~114页有一处很长的心理描写。请学生阅读后，尝试着对这处心理描写做出解读。教师应充分发挥学生的主动性,适时加以引导。

教师可适当总结延伸:此处心理描写中出现频率最高的词语是"肥肉"。艾芳的内心独白中之所以有这么多的"肥肉",最直接的原因是别人的一句话——"你想向你那团肥球证明你有多厉害,是不是?"艾芳一直因为自己的肥胖而不自信,现在经过舞会上的这个打击,她内心深处压抑已久的不自信来了一次大爆发,而她在与米契交往过程中的不安也到达了顶点。她把所有一切都归结于自己的肥胖。她完全否定了现在的自己,觉得现在这个被肥肉包围的自己不值得被爱。她想要甩开这个讨厌的自己,甩开这些肥肉,变成一个轻盈、活泼、快乐的真正的艾芳。

师:你从艾芳内心的"暴风雨"中,能不能再找出一些艾芳与米契交往时不安的原因?

(预计:学生应该能够分析出艾芳的不安还源于对自我的否定、与他人的对比、和米契生活经历的差距等。)

教师总结上述分析中艾芳之所以不安的多重原因。

二、艾芳与米契交往的快乐结局

请学生阅读书中第 126 页中的一段:

米契搂着她,艾芳看着米契的脸笑了。"你们看,"她很想这样大叫,"你们大家看!我有个朋友。我,这个胖艾芳,有个男朋友!"

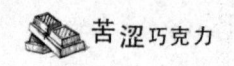

师:这里艾芳的态度很不一样,她大方快乐地确定了自己和米契的关系,很高兴地接受了这个男朋友。我们回顾一下,到底发生了什么让她有这样的转变?米契的哪些举动打动了她?

(米契有三个举动打动了艾芳,并最终使艾芳相信米契是喜欢她的:一是米契回来找她,这使怀疑米契弃她而去的艾芳相信他确实是喜欢自己的;二是米契打架是为了维护她;三是米契接受艾芳的肥胖,认为这没什么大不了的。这些都使艾芳转变了态度,恢复了自信。)

师:被人喜欢意味着什么?

(可引导学生各抒己见,着重强调被人喜欢意味着自己被人肯定,自己的某些方面是非常不错的。)

教师可适当总结延伸:被人喜欢、被人肯定,与巧克力相比,这才是对艾芳最好的安慰。

第三课时

一、分析范西丝卡等朋友对艾芳转变的影响

师:除了米契,还有哪些因素使艾芳从不自信中走了出来?

(预计:学生会提及范西丝卡等朋友对艾芳的影响。)

1.集体的温暖

师:解读第一章时我们发现艾芳不是很合群,她虽然渴望友

谊,可是又躲避着人群,将自己藏在角落里。她在集体中没有归属感,只有一种被疏离的孤单。但是在第十六章,她感受到了集体的温暖。

这一章有许多的语言描写。你分析一下哪些话让艾芳感到温暖?

(1."我和艾芳绝对不会转班的。"范西丝卡大声地说,"我们绝对不走!"2.卡洛拉说:"让艾芳来写(请愿书),她一定可以写得很好。"3."天哪,艾芳,"苏珊娜说,"我一直以为你对我们没兴趣,我还以为你觉得我们不配和你交朋友呢!")

这些话都使艾芳感到温暖,感到这个集体没有拒绝她,反而接受她、欢迎她。她就是集体中的一员,她并不孤单。

2.范西丝卡对艾芳的影响

(1)艾芳在范西丝卡面前的拘谨

师:范西丝卡是艾芳亲密的朋友,她很喜欢艾芳,一直在走近她。她请艾芳去她家做客,还去艾芳家做客。

师:请阅读书中第157页到第160页的情节,你发现了什么?

(艾芳在范西丝卡面前还是有些拘谨。)

师:她为什么还要掩饰?

(原因与她在米契面前的不安相似。一是不自信,即不能接受自己的肥胖;二是觉得范西丝卡可能也像她一样不喜欢甚至是讨

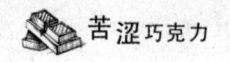

厌自己的肥胖。)

(2)放下拘谨,接受并喜欢自己

师:那艾芳有没有放下因肥胖而生的拘谨呢？如果有,她是怎么放下的呢？请阅读最后一章,然后回答。

(艾芳是通过和范西丝卡一起买衣服这件事放下拘谨的。艾芳十分尴尬地当着范西丝卡的面换裤子。她问范西丝卡是否会因为和这么胖的自己在一起而感到丢脸,可是范西丝卡并不觉得胖有什么不好。范西丝卡的态度使艾芳认识到自己的肥胖也是可以被接受的。肥胖并没有使她不值得被爱。)

教师适当小结并进一步提出问题:范西丝卡接受艾芳的肥胖,就像米契对艾芳的喜欢一样,给了艾芳很大的信心和力量,使她对自己的态度也产生了变化。请阅读艾芳照镜子的那段描写,此时的艾芳有什么不同？

(她觉得自己看上去"不赖",并且认为丰满、肥胖的人也可以是美的。)

师:请读完剩下的两段,回答这一章为什么叫"新生"？

(因为艾芳终于真正地接受了自己的肥胖,接受并且喜欢现在的自己。)

师:之前艾芳一直盼望着新生,并且对新生有着自己的想象。请学生阅读书中第114页艾芳对新生的想象,对比第160页艾芳真正的"新生",说一说自己的感受。

提示:鼓励学生大胆说出自己的体会。

教师适当总结延伸:真正的新生是源于内心深处的。胖、丑、贫穷等等都不足以否定一个人。我们经常说晒太阳有利于健康,也让人感到温暖。米契、范西丝卡就像灿烂的阳光,让艾芳深感温暖。不过最重要的还是艾芳内心的阳光,那才是带给艾芳快乐和温暖的源泉。

二、畅所欲言

师:关于这本书,你还有哪些阅读体会想与大家分享?

提示:充分调动学生的积极性,让他们畅所欲言。